洪福齊天

上

遲意 著

風 文創 904

風 文創 904

目錄

序文

遲意

很高興能帶著這個故事與大家見面，我是遲意，九零初生人，北方女孩，少了些豪放，多了些敏感柔軟。

其實我本身是理科生，年少無知時總認為寫文沒什麼出息，刻意忽略了自己內心對於文學的狂熱喜愛，然而冥冥之中，我還是順從了自己的心，成為一名作者，書寫著內心的故事。

我寫故事的本意也很簡單，就是為了把自己內心的溫暖與感動傳遞給大家，在這個嘈雜忙碌的世界上，創造一些讓人溫暖的情境。

寫這個故事的初衷，是發現身邊仍有不少重男輕女的家庭，女孩生在這種家庭往往會受到許多委屈，成長的過程也非常艱難。

但既然出生了，每個人都要努力地活下去，因此我寫下了王福福的故事。

因為出生在一個重男輕女的家庭中，她的人生本該是個悲劇，可她堅強不息，善良又堅韌，透過自己的聰慧與努力，最終得到了幸福。

本文男、女主角之間的愛情亦是如此，即使遭遇了許多坎坷與艱辛，但只要堅持走下去，一定會得到自己想要的。

人在這個世上，總會遇到各種困難，但我們一定要相信，風雨過後就是最絢爛的彩虹。

就像文中的男、女主角，從最開始的清貧走到最後愛情、財富兩豐收，並非只是靠福氣，而是靠著自己的堅韌與奮鬥。

但凡他們中途放棄了一次，都不會有最後的大圓滿結局呀。

希望看書的每一位朋友都不要放棄自己的熱愛，勇敢地朝著夢想追逐吧！

越長大越覺得真情可貴，未來的日子裡也希望自己可以寫出更多更好的故事，記載這一生的可貴片刻，也希望透過每一個故事給予讀者更多的信心與勇氣。

也許你正在經歷貧窮、經歷旁人的輕視、經歷孤單與落魄，但只要咬牙撐過去，一切都會越來越好喔。

生活不易，但我們要在平凡中開出一朵花，活成最美的風景！

第一章　落水

碧河村位於大齊南邊，此時正是五月，村裡各類草木瘋長。雖然說米麵不夠吃，但青菜還是夠的，只是，青菜吃多了，人們就顯得臉色發青。

尤其是王家人，家裡人口少，分到的地不多，米麵簡直就是奢侈品，因此王家人個個臉色都呈現出一種不健康的黃綠色。

王家二房屋子低矮，總共只有三間，雖然二房妻子衛氏生性喜潔，院子打掃得乾淨整齊，但依舊看得出來屋子著實破舊了些。

這會兒，王家老太太、大房一家四口也都在二房這兒。

二房男人王有正剛被人從山上抬下來，腿上帶血，躺在床上痛苦地閉著眼，黝黑的臉上滿是憂愁和無奈。

他以打獵為生，卻倒楣得很，今日上山本想打些獵物賣了，好給乖女兒抓藥，沒想到不但什麼也沒打到，還摔著了腿。

倒是同去的崔大山，打到了兩隻野雞。

此時，王有正的妻子帶著病氣的蒼白面龐上滑落兩行淚。「娘，家裡實在是沒法子了，福妞病著，相公又傷著了腿，您可否把相公交給您的銀子暫時拿出來，我好為他們找大夫……」

兩口子老實，王老太太說要幫忙保管銀錢，他們也說不出拒絕的話，之前好不容易存的那一點銀子，都在王老太太手裡握著呢。

王老太太沈默著沒說話，倒是大房媳婦秦氏冷哼一聲。「弟妹，妳當真是搞不清楚呢！妳之前生了四個閨女，個個都養沒幾歲便死了，那時白白賠了多少銀錢？這福妞是第五個了，我一開始便說，定然活不過五、六歲。妳不信，如今勉強十一歲了，這不，還是出了岔子，實在是浪費錢啊，妳可不能再糊塗了呀！」

她這話引得衛氏想起自己的傷心事。

衛氏與王有正十分恩愛，兩人也都勤快善良，但偏偏命不好，接連生了四個閨女都活不到五歲，皆是因病去世。

生到第五個，便是王福福了，小名福妞。福妞聰明伶俐，雖然身體嬌弱，但好歹長到了十一歲。

衛氏不帶私心地覺得，自家福妞是全村最漂亮、最乖的姑娘，她期盼著福妞快快長大，心裡的傷痛也隨著福妞的成長消散了許多。

可今兒早上，福妞落水了，被人救回來的時候就一直高燒，這會兒燒得都睜不開眼了。衛氏嚇得魂飛魄散，偏偏相公也摔著了腿，她實在沒有法子，只好去請了婆婆。

「娘、大哥、大嫂，只要福妞還有一口氣在，咱們就不能放棄呀！還有我相公的腿，不能耽誤的，我們家還指望他呢！」

王家老大王有財看著衛氏梨花帶雨的樣子，喉頭一動，正要上去安慰，被秦氏踩了一腳，只能閉口不言。

秦氏嘆氣，搖搖頭道：「弟妹，大嫂也明白妳的苦，只是妳要知道，妳在娘那裡存的那點銀子，目前都花在牛蛋讀書上面了。妳想，這銀子花在牛蛋身上，將來牛蛋出人頭地了，能不孝敬自己的二叔、二嬸嗎？但若是花在一個快死了的丫頭身上，那就是打水漂了。」

牛蛋是秦氏的兒子，今年十歲，平素愛吃，讀書並不怎麼上心，偏偏秦氏認為他一定會考取功名，簡直是往死裡砸銀子。

衛氏嘴唇哆嗦道：「娘，您說了會替我們保管，不會動用的。」

她悲憤又絕望，王老太太終於發話了。「行了，娘也是為了你們好，福妞能不能挺過去，就看她自己了。至於老二的腿，我方才看了看，不過是皮外傷，也值得妳哭天搶地的把我們叫過來？衛氏，妳越來越不懂事了。」

說完，王老太太便轉身走了。她雖然上了年紀，但因為格外愛惜自己，身子骨兒還很硬朗，走路輕快，很快就不見了身影。

秦氏見婆婆沒給老二家出一個子兒，心裡樂得開花。

王家地少，她心裡巴不得二房的人都死光，那麼二房的地就歸他們大房了。秦氏旁邊一個瘦巴巴、黑乎乎的女孩，小聲問：「娘，福妞會不會死啊？我好不容易才找到機會推她下水，等她死了，她脖子上的銀花生就是我的了。」

見閨女說這話，秦氏趕緊捂住她嘴。「心肝！妳可小聲點，等人死了再說吧！」

這會兒，衛氏跪在院子裡，很想一死了之，但丈夫和閨女都等著自己照顧，她強行憋住眼淚，站起來搖搖晃晃地往屋裡走去。

王有正呆滯地躺在床上，黑臉上落下兩行淚。「月娘，是我對不住妳。」他腿上磕得血肉模糊，幾乎都能瞧見白色的骨頭了，這跟王老太太說的「皮外傷」根本不是一碼事。

月娘是衛氏的小名，衛氏聽到這話，心裡更痛，連忙說：「我去看看福妞。」

她跑到側間，瞧見床上的女孩依舊閉著眼躺在那裡。

女孩臉龐瘦弱，卻白淨無瑕，睫毛很長，鼻子小巧挺翹，模樣看起來楚楚可憐。衛氏摸摸她的臉，忍不住心疼地落淚。

衛氏摸摸福妞頸上的銀花生，其實她有想過把銀花生取下來換錢，但是卻不敢。這銀花生是福妞三歲時一個路過的苦行僧贈的，要福妞時刻戴著，必要的時候會保佑她。想到自己前面四個孩子的悲慘命運，衛氏心裡隱約覺得銀花生是有用的，所以一次也不敢拿下來。

但現在情況不一樣，福妞都要燒得人沒了。衛氏咬咬牙，心一橫，把銀花生取了下來。她為福妞用濕毛巾擦擦臉，道：「娘去請大夫。」

王有正心裡七上八下，但這會兒躺著不能動，也沒有法子。他眼睜睜看著衛氏拿著銀花生走了，只恨自己沒本事，才讓妻女處於這般艱難境地。

誰知道，王氏拿著銀花生才走到院子門口，突然聽到一陣聲響，接著瞧見一隻野雞一頭撞死在自家門上。

衛氏大喜，趕緊捉住了野雞，嘴裡喊著。「相公！我捉到了一隻野雞！」

王有正驚訝極了，他去山上五、六回，頂多能抓到一次野雞，衛氏是如何捉到的？

可衛氏顧不得其他了，匆忙把銀花生再給福妞戴上，趕緊帶著野雞去請大夫了。

一隻野雞值不少錢，大夫自然很快就來了。他為福妞抓了一副藥，煎好餵下去，說道：「姑娘燒得厲害，這藥吃下去不一定有用，若是挺過去了還好，挺不過去也只能準備後事了。」

這話讓衛氏和王有正心裡都是一涼。

大夫為王有正處理了傷口。還好，雖皮肉傷得厲害，但骨頭沒有大礙，休養十天半個月，就會慢慢好起來。

大夫一走，兩口子都守在了福妞身邊。

衛氏怕王有正身子頂不住，煮了點高粱麵糊糊，可兩人都沒什麼胃口，只能在福妞身邊等著，一直等到了三更。

外頭整個世界都黑透了，顯得星子尤其的亮，雖然五月了，可夜裡還是有點冷。

衛氏終於忍不住抽動肩膀哭了起來。「相公，福妞不會是挺不過去了吧？」

前面四個孩子，也是這樣一直睡一直睡，最終悄無聲息沒了的。

王有正摟著她。「不會的，月娘，福妞不會這般狠心的，再等等。」

可說著說著，他也哽咽了，兩口子都流著淚傷心至極。

他們真想問問蒼天，為何對他們這般殘忍呢？

似乎整個世界都看他們不順眼，衛氏哭著哭著，含淚說：「相公，若是福妞沒了，我也活不下去了，這些年，我實在是活夠了！」

王有正粗糙的手為她擦著淚，他雙眼通紅，低聲說道：「月娘，妳若是走了，我陪妳一起走。」

老天爺如此不公平，那麼他們去死還不行嗎？
也許他們死了，所有人就都開心了，老天爺也就不會想方設法折磨他們了。
絕望漫上心頭，可床上的女孩卻緩緩睜開了眼，聲音虛弱軟糯。「爹、娘。」
衛氏與王有正皆是一喜，衛氏趕緊撲了上去，握住福妞的手。「閨女！妳醒了！」
王有正腿不能動，但依舊激動得不行。
福妞勉強坐起來，腦子裡一片空白，好一會兒才回想起今日之事。
她晨起去地裡摘蔥，因為堂姊王翠翠說西河坎子處長了不少蘑菇，她便跟著去採。
沒想到，不知被誰推了一把，她就落水了。
落水之後，福妞覺得自己的魂飄了起來，她也不知該去哪裡，就漫無目的到處走，最後，遇上了四個小女孩，她們一路保護著福妞，硬是把她送回來了。
「娘，那四個姊姊都生得好漂亮，她們要我好好活著，還告訴我，只要活著，就有希望。」
衛氏心裡一酸。「福妞呀，那是妳姊姊們呀！」
福妞沈靜的一雙眼如盈滿了湖水，她沒說話，卻想到了魂飄回來之前，在大伯家看到的事情。

第二章 吃了拉肚子

甦醒之前，福妞的魂無意識地飄到了王家大房，她瞧見奶奶正躲在屋子裡數錢，層層疊疊的布揭開之後，裡頭足足有二十兩銀子。

王老太太一邊數，一邊冷笑。「死丫頭片子，還想浪費老娘的銀子，她配嗎？」

接著，她又瞧見大伯母秦氏和堂姊翠翠躲在屋子裡說話。

秦氏面容如霜。「當初妳爹先看上衛氏，最終卻娶了我，妳爹心裡一直惦記著衛氏呢，以為我不知道？衛氏這個賤貨、狐狸精！活該落到如此下場。」

王翠翠今年十二歲了，也算懂了點事，她低聲說道：「娘，看來當年您找人下咒真的有用。」

這句話，因為王翠翠聲音太低，福妞沒有聽清楚。

秦氏得意一笑。「妳說呢？若是沒用，衛氏那賤人的孩子怎麼都死了？」

王翠翠凝神道：「那這回，我把福妞推下水，她就真的會死嗎？」

她與福妞都是王家的姑娘，但在村裡得到的待遇卻截然不同。

福妞生得嬌嫩漂亮，二嬸只有福妞這一個孩子，疼得很；而王翠翠的親娘卻有一子一女，偏心得厲害，有什麼好的都先給兒子。

這便罷了，每回出門，都有人好奇地問，福妞這麼白、這麼好看，怎麼王翠翠像個泥娃娃似的？

王翠翠不知不覺就妒恨起了福妞，真希望福妞趕緊死了，便再也沒有人礙她的眼了。

此外，她還可以占了福妞那枚銀花生，王翠翠沒有首飾，如今也到了愛美的年紀，就等著那枚銀花生了。

母女倆想到福妞絕對熬不過今晚，心裡都高興了起來。

福妞把自己看到的事情，緩緩告訴了爹娘。

王有正胸口劇烈起伏，忽然咬牙切齒地用大手拍了下旁邊的桌子。「不成！我得把放在娘那裡的銀子拿回來！」

其實，衛氏也早有這個想法，可孝道大於天，他們只要稍微說得強硬一點，王老太太就會大罵他們不孝，惹得旁人指指點點。

王有正兩口子本身就善良，也有點軟弱，來回幾次也就放棄了，心想畢竟是親娘，總不至於坑他們吧。

可昨兒這樣的情況，娘都不肯拿銀子出來，這不是坑是什麼？

何況，福妞也說了，王老太太躲在屋裡數銀子，她根本不是沒有，而是見死不救。

王有正越想越氣。「自從爹去世之後，我自問比大哥孝順許多，但娘處處看不起我，說我沒兒子，對不起王家，不把咱們當人。我明日便去，若她還要如此，大不了撕破臉，我博個不孝的名聲，與他們一刀兩斷，也要護住妳們娘兒倆。」

見王有正這樣說，衛氏放心多了，但仍勸道：「相公，你腿傷還沒好，不能太過激動，等你傷好了，咱們一家三口一起去把銀子要回來。」

福妞也點頭同意。「爹，奶奶不是好相處之人，大伯母更是苛刻，咱們想個周全的法子再去處理此事。」

一家三口商議了一番，決定先放著此事，等王有正腿傷好了，福妞也康復了，再去把銀子要回來。

因為這會兒還是深夜，福妞便勸爹娘趕緊去睡了。

她閉著眼躺在床上，等爹娘那邊沒聲音了，才又睜開眼。

自小到大，爹娘都極其疼愛她，福妞知道，大伯一家以及堂姊、堂弟都不是什麼善良之輩，處處占他們便宜，時不時說些酸話，可她沒有想過，這些人一出手就要人命。

福妞咳嗽了幾聲，她在心裡發誓，往後一定要保護好爹娘，再不讓他們受旁人欺負！

這樣想著想著，福妞也睏倦地睡去了。

第二日一早，天才濛濛亮，衛氏便起來做早飯。給福妞的是窩窩頭配稀粥，她和王有正則是吃青菜團子，摻了些地瓜粉做的青菜團子，幾乎吃不出麵味，但好歹能止餓。

福妞一覺醒來，感覺渾身舒坦了許多，吃了早飯，又喝了一碗湯藥，身子也不乏了，便起身去廚房。

才走到廚房門口，她就瞧見娘在吃青菜團子，那青菜團子沒拌油，只放了一點點鹽，看起來就很難吃。

福妞心裡一酸，趕緊躲開了。她怕她娘尷尬。

福妞心裡暗暗想著，以後吃飯要跟爹娘一起吃，不能自己單獨吃好的。但最重要的，還是得幫家裡改善生活，否則大家又能有什麼好吃的呢？

她正想著，秦氏與王翠翠來了，原本這兩人是想看看福妞是不是死了，可瞧見福妞好端端地站在那裡，瞬間都愣住了。

王翠翠一臉錯愕，指著福妞說：「妳沒死啊？」

想到自己是被王翠翠推下水的，福妞從未恨過誰的性子也不禁多了些寒意，她看著王翠翠，冷道：「妳盼著我死嗎？」

秦氏立即說：「福妞，妳怎麼這樣跟妳姊說話呢？妳姊又怎麼會盼著妳死？妳發燒的時候，翠翠都急得哭了好幾回呢。」

急哭了？只怕是急得想戴銀花生，所以才哭了吧。

衛氏聽到聲音，立即走了出來，護住福妞。「大嫂，妳們怎麼來了？」

秦氏翻了個白眼。「我來瞧瞧罷了，妳看，這沒花銀子，福妞不也好了嗎？弟妹，下回再遇到事情，可不能只想著亂花錢了。」

衛氏先前對秦氏一直很有禮數，但這回心也冷了。「大嫂，病的不是妳家翠翠，妳自然理解不了，但我覺得，做人留一線，也省得哪日遭報應。」

秦氏聽到這話，很意外——衛氏竟然會罵人？

她立即跳起來。「妳在滿嘴胡說什麼？什麼報應！妳莫不是瘋了！要說報應，誰有妳得的報應多，否則怎麼會死了四個孩子呢？」

衛氏聞言嘴唇顫抖，福妞趕緊說：「不是不報，時候未到。大伯母，您等著瞧就是了，反正，推我入水的那人是跑不掉的。」

王翠翠下意識抖了一下。秦氏心虛，罵了兩句，帶著王翠翠走了。

衛氏想到王翠翠推福妞入水，自家攢的銀子在婆婆那裡拿不回來，難免心裡難過。

「福妞，娘沒出息，淨讓妳受委屈。」

福妞卻笑著握住衛氏的手。「娘，福妞長大了，您等著，福妞會保護您的。」

在家休息了兩、三日，福妞覺得自己差不多好了，她爹王有正的腿也不那麼疼了，開始緩慢地結痂。

大房也沒再來，王翠翠這個仇，福妞開始計劃要報了。

奶奶那裡的錢，不如順帶也拿回來好了。

但福妞沒跟人鬥過心眼，一時之間，也不知道該怎麼辦。

衛氏從地裡摘了青蠶豆回來，福妞坐在門檻上剝著蠶豆，這青嫩的蠶豆煮了吃，不用加油加鹽都很香甜。

因為福妞喜歡吃，衛氏便摘了一籮筐。

恰好，王翠翠經過大門口，眼睛立即亮了。「福妞，妳在剝蠶豆啊？」

她蹲下去，很自然地抓起一把蠶豆往自己的籮筐裡放。

秦氏人小氣，這種沒長成的蠶豆是捨不得摘來吃的，要留著長大之後才吃。

王翠翠想到這種嫩蠶豆吃起來清甜的口感，口水都要流下來了。

以前每次她這樣拿走福妞的東西，福妞都不會說什麼。

可這回，福妞直接拍開了她的手。

王翠翠訕訕道：「妳怎麼這麼小氣？咱們都是一家人，妳這麼冷血，說出去不怕丟人？」

福妞冷冷地回。「吃了蠶豆讓妳再推我下水？」

原來福妞知道是自己推的，王翠翠便也不隱瞞了，大方地說：「福妞，我是不小心的，這點小事妳也要計較嗎？若是奶奶知道了，定會教訓妳，妳可不能對旁人說。」

的確，若是王老太太知道了，肯定要訓斥福妞無故生事，影響王家名譽。

反正這麼多年來，無論什麼事情，王老太太都會先責怪二房一家。

福妞死了一回，才覺得一味的忍讓毫無意義。

王家的臉面有什麼用？保全了王家的臉面，委屈的是他們二房。

福妞忽然就想到了個法子，可趁著她神遊的空檔，王翠翠抓起一大把青蠶豆就跑，一邊笑嘻嘻地說：「福妞，我是妳姊姊，吃妳幾口蠶豆是應該的！」

她跑得飛快，福妞站起來氣得朝著她背影喊：「妳就不怕吃了拉肚子！王翠翠，妳要不要臉！」

王翠翠搶了蠶豆沒有回家，她在外頭生了個小火堆，把那蠶豆烤了一會兒，熟了剝開直接吃，香甜可口，可真是個好東西呀！

一大把蠶豆，都是顆粒飽滿、味道極好，吃完之後，王翠翠滿足地打了個嗝，這才回家去了。

福妞想到那把蠶豆，還是覺得可惜，但思及自己的計劃，也就沒再追究了。

王翠翠吃了蠶豆回去之後，晚飯沒吃多少，還把自己的青菜團子讓給她娘吃，得了她娘一頓誇讚。

可是，當夜就不對勁了。

王翠翠拉了數十次，整個人都虛脫了，懨懨地躺在床上。「娘，我肚子好痛啊！」

她想起福妞說的那句「妳就不怕吃了拉肚子」，心裡莫名害怕起來。

秦氏見女兒這般也有些擔憂，但要花銀子給她抓藥自然不行，銀子都是要給兒子的。

「妳老實告訴娘，妳到底吃了什麼，怎麼會拉肚子？」

王翠翠無精打采、渾身乏力。「我、我從福妞那兒抓了一把青蠶豆燒著吃，誰知道就拉肚子了。」

她弟弟牛蛋在旁邊一下子流了口水。「一把青蠶豆。姊，妳怎麼不留給我吃？」

王翠翠還沒說話，秦氏就一巴掌打在了她臉上。「我怎麼養了妳這麼個不要臉的東西！竟背著我偷吃東西，妳弟弟才是家裡的命根子，妳都不知道給妳弟弟留點？」

這一巴掌把王翠翠打懵了，她含淚憋住了訴苦的話，結果肚子一陣響，又艱難地往茅房跑了過去。

第三章　演場大戲

王翠翠持續拉了整整十日，都奄奄一息了，秦氏才去抓了副藥給她灌了下去。拉肚子實在痛苦，原本王翠翠就黑瘦不堪，這下子更是只剩皮包骨，即使這樣，秦氏也只給她吃過一次蛋湯。

這段日子，王翠翠總算感受到福妞生病的滋味，可福妞落水之後也就昏迷高燒一日，而自己卻難受了十日，都怪可惡的福妞，若不是福妞的蠶豆，她怎麼會拉肚子呢！她恨恨地想，等自己好了，必定要去整治福妞一番，讓她付出代價。

王翠翠可以從床上爬下來的時候，福妞的精神已經好了許多，她爹王有正也能拄著柺杖走路了。

這十來日，福妞跟著她娘衛氏一道下地，發現了一棵桑葚樹，那桑葚樹結的果子可甜了，因為糖分多，多吃了些，人也胖了點。

此外，福妞還撿到了十幾顆鳥蛋，衛氏心疼丈夫和女兒，便把鳥蛋都煮了給他們補身子。

王有正拄著柺杖，端起碗喝了口茶。「月娘、福妞，再過三、五日，我便不拄柺杖也能走路了，到時候咱們就去大哥家找娘，把銀子都要回來。」

到時候，他要捨得一回，去集市買點糧食回來，給妻女好好補一補。

這些年，三人省吃儉用，餘下來的一點銀子都在王老太太那裡，少說也有五、六兩了。

衛氏點點頭，語氣柔婉。「你先養好腿，其他的都沒這事要緊。」

王有正深情地看著衛氏道：「月娘，這些日子妳瘦了，等我腿好，趁著天氣熱，去山上闖一闖，若是能打到些好東西，妳也能多吃點、添件衣裳。」

衛氏臉上漾起笑容。「好。」

他們兩個說著話，福妞在旁邊聽，心裡卻知道，要錢不會那麼容易的。

王老太太半個身子快入土的人了，自私到了極點，到時候一哭一鬧，兩眼一翻暈過去了，還能拿她怎麼辦呢？

這些日子，福妞已經有了想法。

她打聽到王翠翠這兩日好了，又開始提著籃子到處跑，便趁著吃過飯，也提著籃子出去了。

衛氏叮囑了幾句，要她千萬小心，這才放她出去。

初夏的天氣，微微有些熱，村裡的小孩們都提著籃子出去挖野菜、採蘑菇、摘木耳。

偶爾遇到一棵果樹、撿到一窩鳥蛋，那就是天大的驚喜了。

崔大山的閨女崔惜懶懶地理了下頭髮。「我知道山腳下有好多馬齒莧，嫩得很，咱們一起去挖吧。」

她在村裡小孩中人緣很好，大家都跟了上去，可福妞沒有。

原本王翠翠也要跟上去，見福妞沒動，便過來問：「福妞，妳怎麼不去？」

福妞低聲說：「我知道有一棵枇杷樹，我要去採枇杷。」

這下子王翠翠眼睛一亮。「枇杷？在哪兒？」

枇杷又香又甜，王翠翠從小到大只吃過一回，便再也忘不了那個好滋味，於是她打定主意跟著福妞。

福妞沒說話，一直往前走，王翠翠滿腦子都是枇杷，好一會兒才意識到路不對。

「福妞，枇杷呢？」

這裡哪有枇杷樹？她們現在站在村裡的小祠堂後面，安靜得很，只有風吹落樹葉的聲音，四周都是柳樹、槐樹，根本沒有枇杷的影子。

忽然，福妞抓著王翠翠的手，哭了。

「堂姊，求求妳，以後不要再推我下水了好不好？上次我差點死了，我真的好怕，我爹娘只有我一個孩子，若是我死了，他們可如何是好？」

王翠翠一愣，她不知道福妞是什麼意思，但乾脆順著福妞的話說：「妳若是真的害怕，便把妳的銀花生墜子給我吧！福妞，妳也知道，奶奶一向偏愛我們大房，妳爹娘懦弱，辛苦掙來的銀子也都被奶奶花在大房身上，妳想跟我們鬥是不可能的。福妞啊，妳乖一點，姊姊就放妳一條生路。」

福妞哭得抽抽噎噎。「堂姊，為什麼奶奶那麼疼愛大房呢？我們二房到底做錯了什麼啊？」

王翠翠還是頭一次見到福妞這麼落魄，她拉肚子的怨恨頓時消散了許多，得意地說：「當然是因為你們家沒兒子，妳爹又是老二。福妞，反正以後王家的家產都是我弟弟牛蛋的，妳這銀花生若能早些給我，妳日子也好過些。」

她說著，上前就要奪福妞的銀花生。福妞「啊」地一聲摔在了地上，嗚嗚地哭了起來。

「堂姊，求求妳別打我，我知道錯了！我再也不敢了！」

王翠翠皺眉。「妳幹什麼？我根本沒用多大力氣！」

她剛說完，祠堂前面忽然走過來幾個人，震驚地看著她們。

今日是祠堂上香的日子，這幾個老婆子都是來上香的，老婆子們最愛說長道短，平日王老太太架子端得高，正是因為王老爺子當初中過童生。

王老太太鄭氏總說自家是讀書人家，將來牛蛋也是要考科舉的。其他老婆子這方面比不過王老太太，不知道忍了多少次，表面恭維，私底下只盼王家出一件丟人的大事，好壓一壓王老太太的傲氣。

如今，總算是逮到了。

柳婆子「嘖嘖」兩聲。「方才妳們倆的話我們可都聽到了，翠翠，妳奶奶當真這般偏心，如此欺負福妞一家？」

王翠翠愕然。

「沒……」

旁邊李老驢媳婦「嗤」的一聲。「現在她定然會否認，可剛剛咱們看得很清楚，她還要搶福妞的銀花生呢！沒想到鄭氏如此不顧情面，欺負自己的兒子、媳婦，我聽聞十日前福妞落水高燒不退，鄭氏硬是一文錢都不出，當時福妞她爹腿還傷著了。嘖嘖，鄭氏啊，也太過了些。」

其他人紛紛附和。

「就是，虧她一直標榜自家是讀書人，懂道理。」

「咱們整個村裡，也沒有這樣苛待兒子、媳婦的人吧？鄭氏可算是頭一個。」

福妞擦擦眼淚，道：「幾位大娘、奶奶們，求求妳們千萬莫要讓我奶奶知道此事，否則、否則……」

她畏畏縮縮的，又開始抹淚。王翠翠則是在旁邊目瞪口呆。

這幾個婆子正愁沒有熱鬧看，當下就捋起袖子要做好事，其實心裡都是想看鄭氏出醜罷了。

幾人帶著福妞去找鄭氏討個說法。

「妳奶奶若是不給個說法，咱就去找里正，她這般行徑著實影響咱們碧河村的名聲，名聲壞了，往後誰還敢嫁到這個村子來？」

這會兒，王老太太正在屋子裡數錢。

她心想，老二家上個月沒交銀子過來，這個月腿傷了，想必也沒弄到什麼錢，但下個月，她非得逼老二把銀子補足。

她養了老二，就得讓老二盡孝。

自己攢下些銀子，等年邁之時若是生了病，也就不愁了，另外棺材也可以打一副好的。

王老太太才剛把銀子裝好，就聽到外頭一陣騷動，她趕緊跳下床走出去。

誰知道，才走到堂屋，就看到村裡幾個比較有威望的老婆子都來了。

「鄭氏，我們今兒個撞見翠翠欺負福妞，妳這個當奶奶的不給個說法嗎？福妞被欺負得好慘呀，翠翠說，妳一向都挪用二房的銀子給大房用，是不是這樣啊？」

鄭氏眉頭一擰。「胡說！哪有的事！我家老王可是童生，讀書人，家風純正，碧河村誰人不知？」

那幾個老婆子可沒打算放過鄭氏，恰好，福妞回去把她爹娘也叫來了。

王老太太控制王有正習慣了，此時隨口問道：「不信妳們問我小兒子，有正，娘何時拿你們的銀子補貼你大哥了？娘為了這個家勞心勞力，從不說一句埋怨的話，你們兄弟小的時候……」

她原本想訴訴苦，卻被王有正直接打斷了。

「娘，既然今兒個大家都在，那我便把話說清楚。咱們已經分家了，當初大哥嫌我和月娘晦氣，不肯一起過日子，分地的時候我們分得也少。後來，您說怕我和月娘守不住財，我們但凡攢上一點銀子，都交到了您手裡，您說會幫我們保管。可如今，我們需要用錢，卻……娘，您不如把銀子還給我們吧。」

鄭氏目光冰冷地看著王有正，聲音沈重道：「兒啊，你長大了，別的不說，你竟然敢忤逆娘了。你爹是讀書人，一向教你兄弟倆孝道為重，卻沒想到你竟一丁點都沒有學會啊！」

她說著眼淚就往下掉，對著王老爺子的牌位哭了起來。

這讓王有正不知該說什麼，但村裡那幫老婆子卻心裡清楚，這一招誰沒用過啊？不想講理的時候，直接拿孝道壓上去，孩子啥都不敢說。

柳婆子一把抓住鄭氏，道：「那妳到底有沒有拿過福妞她爹的銀子啊？人家都分家了，妳這做娘的，還拿二房銀子補貼大房？」

李老驢媳婦乾脆說：「妳東扯西扯的，不就是想霸占兒子的銀錢嗎？我看翠翠那孩子說的都是實話，妳就是個苛待孩子的人。不成，咱們去找里正，碧河村這等苛待媳婦的事情若是傳出去，還有人能娶到媳婦嗎？」

今兒鄭氏臉是丟大了，原本想死不認帳，但見那幾個人真要去找里正，立即慌了。「慢著！」

她極好面子，此時也由不得自己了，只得咬牙說：「我鄭氏從來不是苛待孩子的人，我說是為老二家攢的，便是為老二家攢的，有正，你既然不信任娘，想自己管帳，那娘便把銀子給你，但若是往後你出了差錯，可不要後悔。」

她盯著王有正，想讓王有正退縮，可惜王有正絲毫沒有退縮的意思。

當著那麼多人，鄭氏心痛至極，但也只能轉身去拿銀子。

眼見白花花的銀子，足足五、六兩，秦氏慌了，連忙喊道：「不成！娘，這銀子不能給他們！」

第四章 廚房塌了

其實秦氏也非常意外，她原本以為婆婆雖然待二房不好，但對大房肯定是毫無保留的。

畢竟婆婆經常掛在嘴上的就是：「連你們二弟交來的錢，我都花在你們身上了。牛蛋啊，你可一定要好好讀書，長大了孝敬奶奶。」

秦氏眼睛骨碌一轉。「娘，自從分家之後，二弟可從未照顧過您，您跟我們住在一起，都是我和有財照顧您，二弟給您些銀子又怎麼了？給了自己親娘的銀子，哪還有要回去的道理？我就沒聽說過。」

她拼死也要把銀子留下來。衛氏忍不住說道：「大嫂，妳這話就不對了，什麼叫我們沒孝敬過？平日但凡我們有些什麼糧食，哪次不送給娘呢？妳現在說這話是什麼意思？」

秦氏堅持道：「總之，不能給銀子，這銀子是娘的。」

當著幾個老婆子的面，秦氏說得出這話，她是不在乎面子的，畢竟面子能值得多少錢？能吃飽嗎？

可鄭氏不同，她愛極了臉面，手往桌上一拍。「閉嘴！這是妳二弟的錢，妳插什麼嘴？還有沒有禮數？」

這讓秦氏嚇了一跳，當下不敢說話了，但心裡也納悶，婆婆平日並不是大方的人啊，怎麼就捨得把銀子拿出來呢？

鄭氏把銀子塞到衛氏手裡，聲音柔和，還帶了笑。「老二家的，妳身子不太好，這些年也不容易，雖說妳沒生兒子，但好歹有個福妞，老二老實，平日多虧妳，日子才過得下去。這銀子啊，娘一直幫你們攢著也不是辦法，妳就拿著吧。」

她轉頭又朝王有正說道：「老二，娘就算是哪一日入土了，也還是心疼你們，銀子你們拿著，但你過於老實，可得處處小心，你們兩口子，千萬不能被人騙了，若是有什麼難處，儘管來找娘，知道嗎？」

王有正從未見過他娘如此和靄可親的一面，瞬間感動得眼眶都要紅了，也有些後悔自己回來要銀子是不是錯了，但轉頭看到衛氏那消瘦的樣子，還是咬咬牙，說道：「多謝娘的關心，兒子一定會把日子過好的。」

福妞見奶奶雖然把銀子塞到娘手裡了，但卻沒有鬆開，立即笑盈盈說道：「奶奶，您真好，方才我在外頭就跟這些大娘們說，我奶奶是很慈愛的，從未虧待過我們二房。」

她長得一張白淨的臉，雖說家裡伙食不好，但爹娘有什麼好東西都會給她吃，生怕她身體跟不上。其實福妞自己也是提心弔膽的，她怕走了前面四個姊姊的老路，有時候不想自己吃好東西爹娘吃粗食，但為了不讓爹娘擔心，也只能聽話吃下去。

如此一來，福妞的氣色就明顯比其他女孩要好一些，加上先天五官、膚質都極為出色，即使穿著粗布衣裳，也是位盈盈少女，宛如朝霞中的白色山茶，不帶一絲雜質。

鄭氏也不信這個看起來純真的孫女有心機，當然，這並不影響鄭氏覺得福妞是個掃把星。

福妞抱著鄭氏的胳膊撒嬌似地輕輕搖晃，沒幾下，就把鄭氏握著銀子的手晃鬆了。

鄭氏咳嗽一聲，縮回了手，繼而看向那群看熱鬧的老婆子們，聲音淡淡道：「我王家是清貧了些，但絕對不是那種為了幾顆蛋偏心的人。老大家的，妳這幾位嬸嬸、大娘站了許久，還不看茶？讀書人家的禮數妳還沒學會嗎？」

那幾個老婆子見鄭氏竟然這樣就把銀子給了出去，一時間也說不出什麼了，何況鄭氏說的那句「為了幾顆蛋而偏心」，不就是暗諷她們？

普通人家大多是偏心的，十根手指還不一樣長，誰能做到完全公平呢？

李老驢媳婦咳嗽一聲。「茶水咱們就不喝了，家裡的雞還等著餵呢。」

「就是，就是，俺也走了。」

那些人一走，王有正和衛氏立即也帶著福妞走了，秦氏有些不願意，還想挽回。

「娘，那銀子……」

王老太太臉上的笑意早已消失，她冷著臉道：「滾出去。」

她脾氣上來，秦氏也是不敢惹的，立即摸摸鼻子走了。

秦氏一出門，王老太太就抬手要砸桌上的碗碟，但想到砸碎了之後還要花錢買新的，又強行收住了手，只能咬牙切齒地罵了句。「一群賤婢！」

當晚，王翠翠被打了一頓，因為她而損失那麼多銀子，秦氏惱，王老太太也惱，可王翠翠哪能料到福妞跟自己說話時站在那麼偏僻的地方也能被別人聽到呢？

她心裡頭又委屈又恨，巴不得撕咬福妞一口。

今日福妞開心得很，王有正腿不好，拄著柺杖不能走遠，便讓衛氏拿銀子去還了在外面欠下的債務，還去買了些糧食。他們一年到頭只有過年才能吃上一頓細麵，可這回衛氏卻拿銀子換了半袋小麥。

衛氏將小麥淘洗乾淨，如今五月的天，乾得也很快，曬乾之後磨成麵粉，當晚就做了一鍋手麵。

她種了茴香，手麵裡頭放幾根茴香，吃起來香氣撲鼻，一家三口在燭光下用餐，宛如過年似的。

一碗麵吃下去，福妞嘴唇紅豔豔的，眸子如含水一般，笑咪咪地誇讚。「娘做的麵真好吃，比過年時包的餃子還好吃。」

衛氏揉揉她黑亮的頭髮。「妳喜歡吃，娘往後三不五時就做給妳吃。」

她說完，王有正嘆氣道：「從前只想著攢錢，可現在想想，平時不養好身子，哪一日傷著了，那才真是要命。咱們以後可不能只管攢錢了，得多為福妞做些好吃的。」

衛氏低著頭挑了下燈芯，笑盈盈道：「你也是，這回腿摔著了，可一定要休息夠。」

王有正吃完麵，擦乾淨嘴巴說：「原本我還想娘不是好說話的人，這錢不容易要回來，可今兒個真是讓我意外。」

衛氏點頭。「是啊，沒想到娘會直接把銀子給咱們，難道說之前咱們誤會娘了？」

見爹娘這樣講，福妞立即就想勸他們別把奶奶想得太好，但福妞還沒開口呢，外頭就傳來一陣紛亂的腳步聲，接著是王有財的聲音。

「二弟！弟妹！你們快去瞧瞧，娘要不行了！」

王有正馬上站起來，枴杖都忘記拿就往外走，衛氏趕緊遞上枴杖，牽著福妞跟了過去。

此時大房裡面亂糟糟的，王老太太躺在床上直喊心口疼，說是疼得快撐不住了。

秦氏見到衛氏就不悅，陰陽怪氣地說：「不知今日娘是受了誰的刺激，竟然心口疼成這樣！」

王老太太見老二一家來了，趕緊說：「算了，算了，我活著對你們來說也是累贅，不如就不治了，讓我死吧！老二，娘最放心不下的就是你啊！」

畢竟是自己的娘，王有正擔心得不知怎麼是好。「娘，您怎麼會心口疼？大哥去請大夫了嗎？」

王老太太臉都皺在一起了。「大夫？家裡哪來的錢請大夫？算了，我也不想讓你們兄弟二人為難，何必請大夫？讓我死了吧！」

她說完，似乎疼得更厲害了，不住地呻吟，一邊捶打自己的胸口。

福妞怔怔地看著，她不太相信。

而衛氏暈頭轉向，不知道這種情況該怎麼辦。

就在這個時候，秦氏說：「我們大房要供應牛蛋讀書，之前沒攢下一文錢，但大夫肯定是要請的，老二，你剛拿走銀子，大嫂就向你借一些，之後想方設法也會還你的。娘把我當親生女兒對待，即使沒有生養之恩，我也要盡孝道。」

王有正愣住，他覺得這事實在太巧了些，何況他娘從未有過心口疼的情況出現。

這齣戲是王老太太和秦氏事先商議好的，可見到王有正沒有立即把錢拿出來，王老太太心中有氣，乾脆抓著心口的衣襟慘叫一聲，直挺挺地倒了下去。

王有財喊道：「娘！娘！」

王有正也立即過去察看，而秦氏一把推開王有正。「二弟！你倒是拿銀子出來呀！那可是咱娘，你真的要見死不救嗎？」

床上的王老太太當真是一動不動，王有正實在不忍，轉頭對衛氏說：「月娘，要不妳回去……」

閉著眼的王老太太聽到王有正跟衛氏商議著要把銀子拿回來，心裡冷笑一聲。她治自己的兒子、媳婦簡單得很，那幾個老婆子還想多管閒事？天下就沒有人能在她鄭氏的地盤上撒野。

這次衛氏如何拿走銀子，就得如何還回來。

可惜，王有正話還沒有說完，福妞就聽到外頭出現一陣聲響，她狐疑地走到門口，朝外面一看，忍不住說：「爹，大伯家的廚房好像要塌了！」

福妞剛說完，只聽到轟隆一聲，外頭那間廚房就坍塌了，瞬間成了廢墟。

一屋子人都往外跑，王老太太心裡一跳，趕緊爬下床，她衝到院子裡一看，拍著大腿哭了起來。「作孽啊！老天爺啊！這廚房怎麼塌了呀！我攢的五十多顆蛋還在裡面，可怎麼辦呀！」

她一邊哭喊，一邊詛咒老天爺，王有正和衛氏都轉頭看過去，福妞也呆呆地看著王老太太。

「奶奶似乎身子好了？」

王老太太衝出去，想從廢墟裡把糧食和蛋搶救出來，她跑得比誰都快，哪裡還有半點心口疼的樣子？

她滿心都是那幾十顆蛋，也顧不了王有正他們了。

王有正意識到了什麼，心裡一涼，沈聲說道：「咱們走。」

他算是看透了自己這個娘，為了算計兒子，什麼事情都做得出來！

第五章　福運逆天

可王有正還沒走幾步，王老太太忽然反應過來了，她從廢墟裡站起來，冷喝一聲。

「站住！」

福妞一家三口停住腳步回頭看去。

王老太太瞇起眼。她知道用心口疼這個藉口怕是騙不到銀子，因此也不用再偽裝了。

但銀子還是得盡快要到手，否則等老二兩口子把銀子都花在福妞身上，那就來不及了。

她聲音慢悠悠的。「幸虧老天爺沒有折騰我，只讓我心口疼了那麼一會兒，否則我攤上你這樣一個兒子，豈不是只有死路一條？老二啊，你可真叫為娘失望。」

王有正嘴唇動了動，沒有說話，他現在心裡很涼。

秦氏在旁邊幫腔。「就是，二弟，你原先可不是這樣的人，難不成是弟妹教唆了你？」

衛氏聽不得這樣的話，卻嘴笨無法辯駁。

福妞聲音甜甜地開口。「大伯母，您腕上的鐲子真漂亮，不知道值多少錢呀？」

秦氏手腕上的銀鐲子是嫁妝，珍惜得很，從來捨不得拿下來。福妞這樣說，意思就是她也不孝順，不肯賣了鐲子給婆婆看病。

本來秦氏想訓斥福妞一頓的，可王老太太攔住了。

現在最重要的是把銀子要到手。

「老二，如今廚房塌了，我與你大哥、大嫂，還有翠翠、牛蛋一日三餐都成了問題，咱們雖然分家了，但總歸還是一家人，這樣的大事，你總要拿點銀子出來幫忙吧？蓋一間屋子要花不少銀子，你看看，你能出多少？」

王有正越想越覺得可笑，他隱忍了那麼多年，卻在短短十來天之間徹底看清自己的娘和大哥。

「娘，我一文錢都不會出的。」王有正表態。

福妞簡直想給自己親爹鼓掌，這才是正確的態度啊！

王老太太聞言大怒，再也維持不住體面，直接罵道：「畜生！我白養了你！今日這銀子你不出也得出！」

可王有正卻護著衛氏和福妞，他這人善良、老實，但個性也挺固執的，認定的事情很難再回頭。

比如，之前認定自己的娘不會害自己，再比如，現在認定他娘是在坑害他。

「娘，您是我娘不假，可您不是真心為我好，當初分家的時候，分得就不均，您說福妞不算人，不給分東西，此外，我們分到的地是貧瘠之地，產量少，這便罷了，說好了您的地給大哥，我只須逢年過節孝敬您，可哪一回收了糧食，我沒給您送來呢？」

他越想越覺得自己愚蠢，聲音透著無奈。「我與月娘、福妞省吃儉用供牛蛋讀書，可誰不知道，牛蛋不是讀書的料，如今大哥的廚房塌了，也應當由大哥自己想法子，我的銀子還要養家餬口，是拿不出來的。」

聽王有正說完，王老太太徹底怒了。「你說的什麼渾話！難道是不想認我這個娘了？」

她的怒吼聲，讓衛氏與福妞都嚇了一跳。

王有正梗著脖子道：「不是不認，逢年過節，我還是會給娘送些東西的，哪一日娘真的病了，我也會盡孝，但大哥成家了，他的事情，我不會管。」

王老太太指著他，冷笑道：「好啊，好，你翅膀硬了，老娘的話你都敢不聽了。」

王有正也不想再廢話，他摟著衛氏，喊上福妞。「走，咱們回家。」

這回，無論王老太太和秦氏在後頭如何叫囂，王有正一家子再也沒有回頭。

其實，衛氏也怕旁人會講王有正閒話，說他不顧兄弟之情，晚上睡覺時便小聲靠著他說：「相公，要不，咱們多少給點，我怕你出門被人指指點點。」

王有正堅持道：「不給，這些年，咱們給得夠多了，往後不該給的，一文錢都不給。」

這話讓衛氏鬆了一口氣，其實她心裡覺得，就算真的和大房一刀兩斷，她和相公也能帶著福妞過上好日子的。

接連幾日，大房那邊都沒有人再過來叨擾了。

王有正的腿越來越好，如今不用枴杖也能走上幾步，衛氏高興得很，因為有了銀子，家裡的伙食也比之前好了些。

雖然通常還是吃粗糧，但青菜團子裡放的高粱麵多了些，稀粥裡撒的米也稠了點，總之，吃上一頓飯能保半日不餓了。

這一日，衛氏做了蒸菜，鮮嫩的馬齒莧，拌了玉米麵隔水蒸，出鍋時撒上蒜泥，滴兩滴麻油，一人一碗，吃起來香甜可口。

她還奢侈地拿出一顆蛋，做成兩份蛋花湯，打算給丈夫和閨女一人一份。

可王有正和福妞哪裡願意，好說歹說，最終分成三份，三人都喝了些。

蒸馬齒莧配蛋花湯，吃著舒坦，但衛氏卻愁眉不展。

福妞問：「娘，您怎麼了？」

衛氏想到今兒個發生的事情，便說：「娘早上去洗衣裳，聽說村西頭的崔大山在河裡抓了兩條鯽魚，雖然不大，但好歹能熬湯。娘也去撈了好一會兒，卻啥都沒撈到。若是能有鯽魚湯給妳和妳爹補補身子就好了。」

想到白嫩的鯽魚煮成湯，福妞口水自動開始分泌，她也想喝鮮香的鯽魚湯呀。

王有正趕緊說：「不如我去試試，看能不能抓到。」

衛氏擔憂地看著他。「你腿還沒完全好，過幾日再說吧。」

可王有正堅持要去，吃完飯，福妞也拿著自製的網子跟著王有正一道去了小河邊。

沒想到這會兒河邊人還挺多的。村裡人缺少食物，尤其是葷食，一年難得吃上一口，這條河一堆人盯著，好抓的魚早就被抓走了。

崔大山也在，他看著王有正朝自己走過來，雖然走得慢，但腿似乎好得差不多了，而王有正身邊玉雪可愛的小女孩時不時會攙扶他一下，看著貼心得很。

話說回來，兩人面上和氣，其實心裡並不和氣。

崔大山既是獵戶也是屠戶，大家同會上山打獵，王有正運氣硬是比他好很多。年輕時，王有正在山上撿到了一把好刀，那刀鋒利無比，宰殺野羊羔一刀即可，羨煞旁人。

崔大山也想要那把刀，提出要用兩顆蛋交換，王有正不肯，兩人交涉了半天，還是沒成，就此埋下了心結，見面都要繞路走，簡直就是死敵！

另外，每次一起去山上，王有正遇到獵物的機率總是比旁人高，每次打回來的東西也多些。

崔大山心裡不服氣，直到見著王有正娶媳婦之後連死了四個閨女，心裡才舒坦了，等王有正第五個閨女出生時，他還當著眾人嘲笑道：「興許這個也只能活幾個月呢！」

可後來崔大山娶媳婦之後，情況就改變了。

他媳婦私下說：「你就跟著王有正，他雖然運氣好，但人老實，你稍微使點法子，他的好運氣就是你的了。」

崔大山試了幾回，果真如此，便假意與王有正和好。比如上一回結伴去山上，明明是王有正先看到的野雞，可崔大山彈出一顆石頭，害王有正受到驚嚇摔下了山，崔大山接著就抓到了那兩隻野雞。

崔家人喜孜孜地吃了兩頓野雞肉，王有正則是帶傷躺了那麼久。

崔大山面上帶笑走過去。「有正，你的傷好了？」

王有正也和氣地說：「差不多了，你也來抓魚？」

崔大山心裡知道，王有正八成又會遇到魚，趕緊笑呵呵地說：「我就是來瞧瞧看看。」

他跟在王有正身後，心裡思索著，等會兒王有正發現了魚，他就立即伸出網子把魚撈起來，順便一腳把王有正踢下水。

王有正低頭找了會兒，沒見到魚，便想著還是回去算了。

而福妞則是在不遠處撈河邊的草，帶回去可以餵雞。

王有正喊：「福妞，咱們回去吧，這裡連隻魚的影子都沒有。」

福妞應了一聲，王有正沒注意到他身後的崔大山變了臉。

這廝還沒為自己帶路找到魚就想走，門都沒有！

他一伸腿，要把王有正踢下水，卻沒想到自己腳下一滑，直接摔進了河裡。

恰好這個時候，福妞喊了起來。「啊！爹！這是啥！」

福妞的網子裡不知道進了什麼，在那兒翻個不停，王有正顧不了崔大山，趕緊去看，卻瞧見是一條大黑魚。

又肥又大的一條黑魚，看起來大約有七、八斤重呢！福妞撈不起來，王有正趕緊過去接手，男人力氣大，一把就將魚撈了上來。

而崔大山掉進河裡後，掙扎了半天，好不容易才把水草拉開，艱難地爬了上來。

河邊的人都圍上去看福妞的那條魚，眼珠子都要瞪出來了。

「這是什麼好運氣！天啊！福妞，這魚是主動朝妳網子裡蹦呀！」

「王有正，你閨女可真厲害呀！你們家有好吃的了。」

福妞笑咪咪的，漂亮的臉上都是期待。「爹，咱們把魚拿回去給娘看看。」

王有正點頭。「走。」

兩人用草繩把魚提起來，高高興興地回家去了。

崔大山爬上來的時候，連個魚影子也沒見著，他憤恨不已，心裡暗暗發誓，哪天一定要弄死王有正，把王有正的那把好刀奪過來。

這條魚當真是難得的美味，衛氏激動不已，趕緊把魚處理了，這魚夠大，能分成四頓來吃。

她不打算賣，全部都留著給丈夫和孩子補身子。

當晚，衛氏做了一道魚湯，外加紅燒魚頭，還給王有正倒了酒，另外在魚湯鍋邊貼上玉米餅子，一頓香氣誘人的晚飯就完成了。

奶白的魚湯撒了點翠綠的蔥花，看起來特別可口，醬紅色的魚頭聞著就讓人流口水，金黃色的玉米餅子從鐵鍋上撕下來，一面甜軟一面帶焦，吃起來真是有滋有味。

福妞忍不住擦擦嘴要親她娘。「娘，您做的飯可真好吃。」

衛氏笑得眉眼彎彎。「福妞，那妳多吃些，身子骨兒硬朗，娘就高興了。」

王有正見她倆這麼開心，心裡也舒坦，不大的屋子裡洋溢著溫馨。日子雖苦，一家人在一起，那便是甜的。

可惜，這頓飯還沒吃完呢，外頭就來人了，是王老太太，帶著大房幾口人來了。

這幾個人因為廚房塌了，許多存糧都沒了，吃飯成了問題，此時正饑腸轆轆，聞到二房家的魚香味，眼都要發直了。

王老太太鐵青著臉，進門就坐在最裡頭的凳子上。

王翠翠和牛蛋看著桌上吃剩的魚湯、魚骨頭和玉米餅子，都狂吞口水。

從小牛蛋便知道，自己是王家的獨苗，不僅爹娘的東西將來都是他的，二叔家的東西也都會是他的。

因此牛蛋想吃魚，便直接伸手抓，可福妞秀眉一蹙，道：「牛蛋，大伯母說，你自幼讀書，禮數上十分周全，跟村裡的孩子都不同，這是真的嗎？」

她歪著頭，亮晶晶的眼睛裡都是疑惑，彷彿是在單純地發問。

王老太太瞪了牛蛋一眼，秦氏趕緊拍開牛蛋的手，勉強笑道：「牛蛋，你急什麼？二叔打了魚，自然會把最好的給你吃。」

她轉頭盯著屋簷下掛著的大半條肥魚，眼裡都是喜氣，一邊走過去，一邊說：「哎喲，這魚是夠肥，弟妹，難為妳記得咱娘跟牛蛋，留了不少呢，我提回去做給他們吃。」

這人臉皮如此之厚，向來在二房瞧見什麼就直接拿走了。衛氏定然是捨不得的，她趕緊站起來要去阻攔，沒想到秦氏眼裡只有那條魚，沒注意腳下的門檻，一不留神就被絆倒了，整個人都飛了出去。

她「哎喲」一聲，要起來卻十分困難，原來是胳膊折了。

秦氏哪裡受過這種苦，當下就哭了起來，王老太太瞧著心煩，道：「妳回家去，不要再丟人現眼。」

因為婆婆脾氣不好，秦氏也不敢再說什麼，只能拖著胳膊回去，但實在是疼得忍不住，最終只能擠出一點私房錢去找人整骨。

這會兒，王老太太坐在二房堂屋中，聲音低沈道：「老二，娘等了幾日，沒想到你還真是喪了良心，我們連飯都吃不飽，你卻打了魚躲在家中偷吃，王家怎麼出了你這樣的人呢？」

王有正不覺得自己有錯。「娘，您存了五十幾顆蛋，裡面有三十幾顆是從我和月娘這裡拿走的吧，每天您都讓翠翠來搜刮咱家的雞窩，福妞自小都沒吃過幾次蛋。還有，這麼多年來，哪一次我打回來的雞魚畜生不是被你們拿走？福妞何曾吃過一塊好肉？這些我都沒有計較，若您還覺得兒子喪了良心，那便當兒子沒良心吧。我娶了月娘，生了福妞，我就得拿命疼她們。」

他頓了頓，說：「一條魚算什麼？往後我王有正還會打更多的魚、更多的肉，把她們娘兒倆養得白白胖胖。」

王老太太氣笑了。「好，真是好丈夫、好爹爹。可你別忘了，你是王家的兒子，哪怕是死，你也都是王家的兒子。」

她也懶得周旋了，直接冷聲道：「我今日來，便與你直說了，這魚我得拿走，你大哥要蓋廚房，你也得幫忙。老大，把魚拿下來。衛氏，銀子呢？交出來。」

衛氏在婆婆面前不敢說什麼忤逆的話，只能可憐兮兮地看向王有正。

王有正握住她的手，站得筆直。「大哥，今日你若敢動我的魚，別怪我不顧兄弟之情。娘，銀子我們花光了，眼下一文錢也沒有，您要打要罵，隨您。」

王老太太瞇起眼。「好，好！我真是教出了個好兒子！你骨頭再硬，也是從我肚子裡爬出來的。老大，拿家法出來。」

王有財跟這個弟弟感情並不好，他自小就得爹娘疼惜，便宜占多了也就覺得理所當然了。此時廚房塌了，家裡只能隨便拿個鍋煮點東西吃，村裡不少人在看笑話，他也想盡快把房子蓋好，可二弟不肯幫忙，這算怎麼回事？

再加上王有正娶了衛氏，這是王有財心中一直難以釋懷的疙瘩，當年他就不喜歡秦氏，而是喜歡貌美溫柔的衛氏，可惜他娘強行幫他選了秦氏。

王有財拿出一根棍子，那棍子極其結實，是當初王老爺子常用的家法，兒子若是犯了錯，拿這東西往背上打，只消一下便會皮開肉綻。

衛氏嚇得直抖，趕緊抱住王有正，哭道：「娘！不能打相公，這些年相公為了大房付出多少，娘也都知道，為何非要這般對待相公呢？」

她一哭起來就顯得楚楚可憐，王有財更加嫉恨弟弟娶了這樣一位美嬌娘，他掄起棍子走到王有正身後。

「二弟，爹爹不在了，你也應當知道，長兄如父，今日娘要罰你，大哥也是不得不從，二弟，你且忍受住。」

王有正脾氣倔強，且內心深處還在賭，他娘當真如此偏愛大哥？就因為他不肯無條件為大哥付出，就要責打他？

他直接脫掉上衣。「家法便家法，有何好怕！」

福妞也撲上去喊：「爹爹！」

她心疼她爹，哪裡捨得她爹挨打呢？

衛氏和福妞流著淚，王有正卻倔強得很。

王老太太冷笑道：「給我打。」

牛蛋跟翠翠在旁邊看著，笑了起來。「爹，打呀！二叔這般無情，偷偷吃魚，不顧咱們，就該打。」

王有財掄起棍子就要打下去，衛氏與福妞心疼至極，都撲上去護著，王有正卻一把推開她們。「莫要擔心我，這棍子我自小到大挨了不下十次，再來一次又何妨，我倒要看看，王家的棍子到底能不能將我打死。」

他話音一落，那棍子就揮了下去，沒想到還未碰到王有正，棍子就莫名斷了，斷了的那一截直接飛了出去。

因為棍子飛得太快，大家還沒反應過來，就聽到牛蛋哭喊尖叫起來。

「我的眼！我的眼！」

第六章 醜蘑菇

王老太太一驚，立即站起來察看，只見牛蛋右眼被王有財手裡斷了的木棍砸中，此時整個通紅，根本無法睜開。

王有財愣在原地瞪大眼睛，他怎麼知道會這樣。

王老太太氣得怒斥。「畜生！你兒子的眼你都不顧。」

牛蛋哭得撕心裂肺，兩人也顧不得再賴在二房，趕緊帶著牛蛋找大夫看傷。

見他們要走，衛氏終於鬆了口氣，但王老太太才走到門口，就回頭冷笑道：「老二，娘再給你一次機會，你若是不肯認錯交出銀子，可莫要後悔。」

王有正剛穿上衣裳，表情冷漠。「娘，兒子沒錯。」

王老太太眼神沈了下，扭頭走了。

雖說這場鬧劇勉強平息了，可衛氏心裡還是十分擔心。「相公，娘方才走的時候似乎在醞釀什麼大事，你說，她會做些什麼？」

王有正眸色深沈。「咱們只管過好咱們的，這些年，你我二人問心無愧，他們想幹什麼便幹什麼，與咱們無關。」

他頓了頓，繼續說道：「大不了，與我斷絕關係。」

這樣的娘與大哥，他不要也罷！

衛氏心裡一疼，安慰道：「相公，我和福妞會一直陪著你的。」

福妞也立即說：「爹，您不要難過，福妞和娘一直都陪著您。」

這下子王有正才露出笑意，把妻女都摟在懷裡。「我知道。」

大房那邊因為秦氏的胳膊和牛蛋的眼睛都受傷，也沒空再找二房碴。

廚房是一定要重建的，最終王老太太與秦氏只能心疼地拿出自己攢的銀子，勉強蓋了一間起來。但秦氏的胳膊接上後時不時就疼，牛蛋也一直嚷著眼睛痛，家裡亂成了一團。

大房的人心裡不舒服，只能拿王翠翠出氣，誰讓她是丫頭片子呢？

一天一頓罵，隔天一頓打，王翠翠日子難過，出來割豬草時遇上福妞，便惡狠狠地盯著她看。

「大槐樹底下的豬草是我的，妳不許去。」

那裡的豬草長得好，一下子就能割上一小筐，王翠翠想獨占。

福妞才懶得跟她去同個地方呢，她提著小籃子就走，打算去其他地方尋豬草。

今日出來，福妞不只想割豬草，還打算採些蘑菇，前幾日下了一場雨，應該新長了不少蘑菇。

她去了稍微偏遠的地方，割了小半筐豬草，就發現了一堆蘑菇，欣喜之下正要去摘，卻見王翠翠來了。

王翠翠大聲喊：「福妞！那蘑菇是我的，妳不許採！」

福妞原本快樂的心情一下子就不見了，她回頭看著王翠翠，道：「妳怎麼這麼陰魂不散？整個碧河村都是妳的嗎？明明是我先看見的蘑菇，為何就是妳的了？」

王翠翠把在家裡受到的氣全部發到福妞身上，她走過去，幾下踩爛了蘑菇。「那行，現在是妳的了，妳採呀！」

福妞一下子愣住了，看著被踩得稀爛的蘑菇，傷心又氣憤，她握住白嫩的小拳頭，喊道：「王翠翠，妳別欺人太甚！」

王翠翠可不怕，她知道福妞嬌生慣養的，平常在家頂多做些輕巧的活兒，若是打起架，她絕對能把福妞壓在地上打。

可是，福妞沒想跟她打架，倒是哭了，低著頭，眼淚一滴滴地掉。

王翠翠哼了一聲，提著一筐豬草哼著歌走了。

福妞蹲下去，只恨自己沒有勇氣打架，但王翠翠欺負她，她一定要想辦法討回來。

半晌，她擦擦眼淚，決定起身再找找看還有沒有別的蘑菇，忽然瞧見那一堆稀爛的蘑菇中，竟還藏著一朵很醜很醜的完好蘑菇。

福妞盯著看了半晌。

若是往常，她是不會採這種不認識的蘑菇回去的，因為她娘叮囑過，長得奇怪的蘑菇通常都有毒。

可今兒個採不到認識的蘑菇，她猶豫了一下，便把這支醜蘑菇採下來放到了小筐裡。

帶著豬草和那一朵醜蘑菇回到家，她娘衛氏已經煮好了飯。

衛氏聽到聲響，一邊從廚房走出來，一邊用圍裙擦手。「福妞回來了？今日雞下蛋了，娘給妳燉了蛋羹，洗手吃飯吧。」

福妞心情低落，聲音嫩嫩的。「娘，今日我去採蘑菇，遇上了王翠翠，她故意踩壞了那些好蘑菇，我沒法子，只採到這一朵，它看起來好醜，我也不認識，您看看，這是毒蘑菇嗎？」

她把蘑菇拿出來，衛氏瞧了瞧。「娘也沒見過呢。」

倒是王有正過來看了一眼，他問：「福妞，這是妳採回來的？」

福妞點頭，想起那一地稀爛的蘑菇，還是生氣。「王翠翠實在太可惡了，我真是沒見過這樣的人，若不是她，我就能採到半筐好蘑菇，到時候給爹爹下酒。」

誰知道，王有正卻笑得十分開心。「福妞！傻福妞！妳可知道這是什麼？這比那些蘑菇好上不知多少倍啊！」

福妞一愣。「這是什麼？」

衛氏也好奇，拿起來仔細端詳了一下，忽然明白了。「相公，這是靈芝？」

王有正點頭。「八成是靈芝，我從前見過，跟這個長得很像。」

如果這東西真的是靈芝，那值多少錢呀！

福妞想到這裡，唇角彎彎，臉頰出現兩枚小酒窩，可愛又漂亮。

第二日，衛氏一大早就做好了飯留在灶上給福妞，她和王有正則是帶著那朵醜醜的蘑菇去了集市。

這兒離集市遠，步行得要個把時辰，平時大夥兒上集都是搭乘順路的牛車，可這回兩人沒遇到牛車，只能靠腳走到了集市。

集市有一家藥材鋪子，兩人把那醜蘑菇拿進去一問，掌櫃的笑了。「這的確是靈芝，雖說成色不算極好，但也值二兩銀子。往後你們若是再拾到了，只管拿到我這裡來。」

掌櫃的也沒囉嗦，直接秤了二兩銀子遞給衛氏。

衛氏與王有正都是驚訝至極。

要知道他們尋常人家一年頂多也就存個一兩銀子，福妞撿到個醜蘑菇，一下子換了二兩銀子。

一直到外頭，衛氏都還不敢相信，她依偎著丈夫，低聲說：「這是真的嗎？我怎麼覺得像作夢似的。」

王有正是獵戶，經歷的風浪比衛氏多，倒是鎮定得很。

「還能是假的不成？妳打算如何花？還是要存起來？」

這足足二兩銀子，留下一兩，其餘可好好花上一頓。

衛氏笑得很開心，漂亮的臉上都是溫柔。「福妞許久沒有添置新衣了，天氣越來越熱，她一個女孩整日穿著粗布衣衫，可惜了這樣的大好年華。不如，我買一塊布，給她做件新衣吧。」

王有正自然答應。「成，都聽妳的，只是，妳自己也得做一件新衣，瞧妳，這衣裳都有多少補丁了？」

其實，衛氏身上的補丁還沒有王有正的多呢，兩人看著對方，都是相視一笑。

最終，衛氏買了三塊布，一塊米灰色的給王有正做夏天穿的汗衫，一塊嫩黃帶綠色小碎花的給福妞做裙子，而她自己則是選了一塊鴨蛋綠的，打算做一件夏日的薄衫。

除了布，兩人又買了些細麵、大米，還另外買了兩斤肉。

這麼大的手筆，就是過年也未曾有過，衛氏心裡還是有點忐忑。「咱們是不是花太多了？」

王有正笑道：「有銀子不花，留著做什麼呢？何況，這是福妞掙來的，咱們再給她買一支簪子吧。」

十一歲的女孩，雖然在他們看來還是小孩，但其實也算是大姑娘了，村裡有兒子的人家私下都在比較誰家的姑娘好，若是打扮得體，將來也能嫁得更好。

王有正和衛氏只有這一個閨女，自然要為她謀劃打算。

於是兩人為福妞挑選了一支簪子，簪子是木頭做的，上頭綴了絹花，雖然不貴，但也很漂亮了。

末了，衛氏又買了一小包桂花糕，夫妻倆這才提著包袱回家去了。

而福妞一覺醒來發現爹娘不在，心想他們應該是有事出門了，便自個兒用了早飯，又把鍋碗洗了，掃了院子，餵了雞，拿著爹娘換下來的衣裳去河邊洗乾淨，回家正準備晾在繩子上，就瞧見爹娘回來了。

她正在給衣服擰水，白淨的額上汗津津的，小臉蛋上都是紅暈，一笑起來眼睛如彎彎的月牙。「爹、娘，您們回來了？」

衛氏心疼地立即放下東西，接過福妞手裡的活兒。「傻福妞，娘回來會洗的，妳怎麼拿去洗了？」

平時衛氏能做的活兒都不會讓福妞動手，生怕累到福妞，可福妞並沒有像別人認為的那樣嬌生慣養，她看多了娘的做事方法，心裡早就有了譜，一做起來，事事周全，十分能幹。

「娘，這點小活，我還是能做的。」福妞笑著把幾件衣裳晾了，又去倒水讓爹娘趕緊休息。

她瞧得出，爹娘眼中都是掩不住的欣喜。

果然，等門一關，衛氏就拉著她笑意滿滿地說道：「福妞，妳可真是爹娘的好閨女。那蘑菇就是靈芝，藥材鋪掌櫃的足足給了咱們二兩銀子，妳瞧我和妳爹買了啥。」

看著幾塊布、裝在小口袋裡的米麵、一小包桂花糕，還有兩斤豬肉，福妞眼睛睜大，高興得要跳起來。「哎呀！爹、娘，咱們這是要過年啦！」

衛氏摟著她笑道：「是是是，這可不就是跟過年了一樣？咱們今兒個就吃餃子。」說著，王有正忽然抬起手，往她娘兒倆髮間都插上了什麼東西。

兩人皆是一愣，再一看對方，瞬間明白了。

衛氏急了。「相公，你怎麼買了兩支？我人老珠黃的，還戴什麼簪子呢？」

福妞把簪子拿下來，越看越喜歡。「娘，您戴上這簪子，越發好看了。」

衛氏臉上一紅，也忍俊不禁起來。

當晚，福妞幫著她娘做了一頓豬肉餃子，鮮嫩多汁的肉餃子沾了醋和麻油，吃起來格外爽口。吃完飯，母女倆坐在凳上做衣裳。

王有正的衣裳好做，小半個時辰就縫好了，王有正穿上一試，舒服又涼快，人看著也清爽了許多。

福妞暗暗地想，等自己再長大幾歲，要努力讓爹爹月月添新衣。

接著，衛氏就催福妞去睡覺，說明兒個再做其他件。

可第二日福妞一起來，就瞧見她娘連夜把那件嫩黃色的裙子趕出來了。

這是福妞從小到大的第一條裙子，她愛惜極了，磨磨蹭蹭地捨不得試，半天才脫掉身上的粗布衫子，換上那條嫩黃色碎花的裙子，掀開裡屋的門簾走了出去。

爹娘都在外頭等著，瞧見走出來的小福妞，兩人都愣住了。

「這是誰？」王有正下意識地說。

眼前的女孩明眸皓齒、身段窈窕，穿著一件嫩黃色帶碎花的小裙子，顯得苗條又纖瘦。她忽然走出來，宛如一輪明月，把這破舊不堪的屋子照得明亮了幾分。

王有正站起來。「月娘妳瞧，咱們閨女比城裡的大小姐還好看呢！」

衛氏也欣喜地走過去，拉著福妞的手不住地打量。「這裙子福妞穿起來真好看。」

福妞倒是有些不好意思了。「爹、娘，你們說得也太誇大了些。」

可衛氏卻笑道：「哪裡誇大了，咱們福妞啊，就是漂亮得跟天上的小仙女一般。」

這裙子確實漂亮，黃色顯白，更讓福妞的皮膚瑩亮如玉，年輕女孩愛漂亮，她穿上去都捨不得再脫下來。

下午，王有正和衛氏扛著鋤頭去地裡除草，卻不讓福妞去。

衛氏說：「女孩子家的，出去曬黑了就不好看了，妳若是實在覺得無聊，就在家把乾玉米剝了。」

剝玉米是多輕鬆的活兒呀，福妞知道爹娘心疼自己，也拗不過，就趕緊把玉米剝好，接著將一瓦罐綠豆湯放到小竹籃裡，提著往地裡去。

除草是個很麻煩的活兒，通常家裡能出動的人都得出動，比如大房，除了牛蛋，其他人都要下地幫忙。

王翠翠沒吃飽，根本沒力氣，她懨懨地看著日頭，也不知啥時能休息。

還好，沒多久，王老太太自己累得受不住了，就要大家都去地頭坐著歇一會兒。崔大山的地就在旁邊，崔大山媳婦和他的閨女崔惜也正在休息喝水。此外，還有幾個村裡人，大家都趁著休息的空檔聊起天來。

王翠翠和崔惜都十二歲了，兩人差不多年紀，再過幾年就可以說親了，幾個村裡人打量著她們談論了起來。

「前幾日有人向我打聽咱們村的小閨女們，那戶人家雖說有些遠，卻是個大戶呢，家中有好幾十畝良田，若是誰家的閨女嫁過去，這得多享福呀。」陳二嫂揮著帕子擦汗，邊笑邊道。

崔大山媳婦眼睛立即亮了，她一心想讓自己閨女嫁個有錢人家。

「真的？哪家大戶？他們看上了誰家的姑娘呢？」崔大山媳婦問道，其他人也都豎著耳朵聽。

陳二嫂神秘地說：「就是離咱們五十里外的趙老爺，你們聽說過嗎？」

趙家？那是頂有名的了。附近誰不知道趙家？他們家有錢，老爺、夫人都不用做事，還請了十來個家丁，日子滋潤得很，哪家閨女嫁過去，必然能得一大筆彩禮。

崔大山媳婦和秦氏瞬間都來了精神，盯著陳二嫂問：「那他們到底屬意哪家閨女啊？」

陳二嫂搖頭晃腦地說：「他們沒明講，但提到要生得好看、心地善良的，咱們村，哪家姑娘好看？」

崔大山媳婦一笑。「瞧您說的，這孩子長啥樣，大家也都看得見。」

她看了一眼自己的閨女崔惜，生得雖然不是絕色，但很會討人歡喜，為娘的就覺得她是村裡最好的姑娘。

秦氏看看崔惜，再看看王翠翠，相比之下王翠翠真是又黑又醜，她心裡不由得怨恨老天不公。

旁邊有人開口恭維崔大山媳婦。「妳家惜兒生得漂亮又靈巧，全村只怕找不到比她更好的姑娘了，想必趙家看上的就是惜兒，等過幾年就來提親了呢！」

崔惜在旁邊故作嬌羞了一下。她一直都知道自己爹爹是最厲害的屠戶，而她是碧河村最受歡迎的姑娘，將來肯定嫁得最好。

幾個人說著說著，忽然躁動起來。陳二嫂盯著前面一位提著小籃子走過來的姑娘說：「這是誰家的姑娘？怎麼這麼漂亮？」

大夥兒都抬起頭，只見小徑上走來一位穿著黃色裙子的姑娘，微風吹起她的裙襬，才十一歲的女孩，已經出落得宛如芙蓉，桃腮杏膚、婀娜多姿，看起來宛如一幅絕美的畫。

王老太太老眼昏花，尚未看清是誰，秦氏倒是驚叫。「這不是福妞那個丫頭片子嗎？」

陳二嫂看著福妞，讚賞地笑道：「怪不得趙家能打聽到這兒，福妞生得可真是標致啊！王有正兩口子雖然這輩子苦了些，但若是閨女能嫁到趙家，此生都無憾了呀。」

這話讓崔大山媳婦、崔惜以及王家大房一家子都愣住了，立即開始各懷心思。

崔惜低下頭，臉色變得陰鬱。

她一向知道福妞比自己好看，但因為福妞不大與人交流，加上王家二房的人不祥，因此崔惜從沒把福妞放在眼裡。可今日一看，福妞這張臉、這身段，別說傳言說她家不祥了，只怕福妞真的剋死過誰，照樣有男人願意娶。

崔惜握緊拳頭。這趙家娶的人必須是她，她不可能讓福妞捷足先登。

而秦氏眼睛滴溜溜地轉了一圈，轉頭對婆婆說：「娘，若是福妞真的能嫁到趙家，那也是咱們王家的福分呢，到時候彩禮可會有很大一筆。」

王老太太冷笑一聲。「按照老二兩口子的個性，妳以為彩禮會有妳的份？咱們房子塌了，他們都不管，反倒給個丫頭做新裙子！」

秦氏低低一笑道：「也是，只要衛氏還在王家，老二哪裡還敢孝敬您？」

這話點醒了王老太太，她猛地一怔，想到了個法子。

如果把衛氏從王家趕走，那麼老二的錢也就必須給她管了，此外，過幾年福妞出嫁，彩禮錢自然也要交到她手裡。

至於如何趕走衛氏，呵呵，這些年衛氏的罪名，隨手一撈便是一大把呢。

福妞沒有注意到他們在看自己，提著綠豆湯去了自家地裡。

第七章　斷絕關係

衛氏和王有正累得滿頭大汗，兩人扛了一捆草正從地裡出來。

這草是要帶回去曬乾燒火的，見福妞來了，衛氏心疼得很。

「福妞，妳怎麼來了？外頭太陽大。」

福妞見他們熱成這樣，心裡也難受。「爹、娘，我帶了綠豆湯，您們先喝點綠豆湯吧。」

兩人的確又熱又累，趕緊喝了綠豆湯，渾身也有了力氣。

接著，王有正和衛氏扛著一大捆草回去，福妞跟在後頭，看著爹娘被草壓彎了腰，心裡一陣發酸。

其實有時她好恨自己不是男兒身。

男人力氣大，將來也不用嫁到別人家裡，可以時時刻刻照顧爹娘。

可她是女兒，爹娘早就打算好，等到了她能出閣的年紀便要她嫁人。

但福妞如何捨得父母呢？

她在心裡琢磨著，自己要麼多掙些銀子招個上門女婿，要麼就一輩子不嫁，永遠留在爹娘身邊照顧他們。

這樣想著，福妞就開始找賺錢的法子。

村裡人都靠著幾畝薄田過生活，她爹雖是獵戶，但一年到頭能打到好東西的次數也屈指可數，若是繼續這樣下去，日子也不會好到哪裡去。

福妞坐在窗下，把玩著手裡的簪子。

那是她爹在集市買給她和娘的，是一支打磨得十分光滑的木頭簪子，精緻小巧，上頭綴了絹花，絹花乍看複雜，但福妞用手翻了幾下，就大致明白是如何做的。

她找到了幾塊小布頭。

那是衛氏做衣服用剩的，便給福妞縫沙包玩，福妞沒捨得用，就留了下來。

她用針把布頭的邊緣挑開，弄出碎線，再按照喜歡的樣子縫成一朵花，接著找了一根樹枝，削掉皮，磨了好久，一支簡易的簪子就完成了。

福妞左看右看，自己做的簪子，跟爹爹買的似乎也差不了多少呢。

她興沖沖地拿去給衛氏瞧。「娘，您看。」

衛氏正在補鞋子，瞧見之後一愣。「福妞，妳這是哪裡來的？妳怎麼會有兩支髮簪呢？」

福妞笑咪咪地說：「娘，我按照這支髮簪的樣子，又做了一支。您覺得怎麼樣？」

這是自己做的？衛氏大吃一驚，拿起來細細看了一會兒，嘆道：「妳不說，娘真的看不出來。妳是如何做的？這簪子瞧著比咱們買的還要好看呢！」

福妞見她娘這樣誇，連忙問：「娘，您是真心的嗎？若是您真的這麼認為，那我便多做幾支，改天拿去集市賣，還能貼補家用。」

其實福妞的心靈手巧大多遺傳自衛氏，母女倆似乎發現了一條掙錢的好路子，立即開始行動起來。

福妞還想到將貝殼內層散發著五彩光芒的材質弄成碎片，黏到髮簪上，這樣簪子戴在髮上便會瑩瑩生光，格外好看。

娘兒倆一口氣做了五、六支簪子，打算第二日拿去集市賣賣看。

她們沒有告訴王有正，想著若是真的賣了錢，也是一樁驚喜。

可惜，尚未等到她們去賣這些簪子，就又出了麻煩。

衛氏正低頭和福妞研究簪子還可以如何改進，就聽到外頭有人用力敲了幾下門，聲音響亮地喊道：「衛氏，妳可在家？」

福妞趕緊站起來。

「娘，這誰啊？」

兩人一道走出去，就見王老太太、秦氏、王家的一位族老，還有衛氏娘家的兩個哥哥都來了。

衛氏自小在娘家受過不少苦，與娘家人鮮少走動，每隔一陣子，娘家人總會試圖討些東西，衛氏一向不太搭理。

她見到這麼一群人，立即把福妞摟在懷裡問道：「你們這是幹什麼？」

王老太太冷笑。「幹什麼？自然是要休了妳！」

衛氏驀地睜大眼睛。「娘，我做錯了何事，為何要休了我？」

王家族老走到茶几前的椅子坐了下來，王老太太則是坐在了另外一邊。

衛家大哥和衛家二哥怒視著衛氏，覺得丟人現眼。

王老太太漫不經心地看著衛氏和福妞，眼底卻藏著算計。

「衛氏，妳嫁到王家十多年，害得我兒子王有正失去四個閨女，如今只剩個丫頭片子，可還是斷了香火，這罪孽，還不夠深重嗎？」

她輕描淡寫一句話，卻叫衛氏整顆心沈了下去。

不孝有三，無後為大，這個「後」，就是指兒子，而她衛氏的確沒有生出兒子。

原先她時常擔心自己會被休棄，可走過這十幾年的風風雨雨，她很篤定王有正不會休了她，無論日子如何，他們兩人都深愛著彼此。

可今日，婆婆要休了她。

衛氏撲通一聲跪在地上。

「娘！我嫁給相公十幾年，雖未生出兒子，可我、可我謹慎妥帖、一向聽話，福妞、福妞也是我和有正的血脈啊！求您，不要趕我走。」

福妞咬唇，她知道，求奶奶沒有用的，只怕奶奶就是故意趁她爹不在，所以才來趕走她娘。

想到這裡，福妞悄悄起身，想去找她爹，卻被秦氏一把抓住了。秦氏當著旁人面前，笑得和藹，手裡動作卻下了死勁。

「福妞莫怕，妳始終是王家的孩子，妳娘走了，大伯母會把妳當親生的對待。」

福妞冷冷地看著秦氏，秦氏心裡莫名一抖，但依舊死死地抓著她不放。

王老太太見衛氏怕了，心裡舒坦許多，但依舊說道：「衛家大郎、二郎，衛氏從今日開始便不再是我王家媳婦了，你們領回去，或賣或嫁，都與我們無關。」

其實衛家人也不想接受衛氏，丟人不說，養個大活人難道不需要糧食嗎？但衛家大嫂想著衛氏雖然年紀不小了，好在風韻猶存，若是賣到窯子也能賺些錢，便還是點頭讓男人來接衛氏了。

衛大郎皺眉。「王家大娘，是舍妹蠢笨，給你們添亂。」

王老太太抬頭看向族老。「今日就麻煩堂叔見證了，休書，我這便拿給衛氏。」

堂叔點頭道：「此婦無能，極為不孝，休了吧！」

衛氏渾身發抖，哭了起來。「我不走！娘，您不能休我！」

她跑過去，抱住王老太太的大腿，卻被王老太太一腳踢開。

福妞趕緊抱住衛氏。「娘，您別怕，我保護您，這是咱們的家，我看誰敢讓您走！」

見福妞抱著衛氏，衛家大郎和二郎便強行要把衛氏拖走，可福妞死死地抱著。王老太太與秦氏對望了一眼，秦氏上前強行掰開福妞的手，衛氏便被拖走了。福妞氣急，對著秦氏的手狠狠咬了一口，然後拔腿出門去追她娘。

衛家大郎、二郎都是鄉野漢子，力氣極大，他們拖著衛氏，衛氏根本掙扎不得，就算福妞追上了，只怕也無法把人留下來。

福妞顧不得其他了，她素來很少與人爭執，此時心裡撲通撲通地跳，一心只想把自己的娘救回來。

她跑得氣喘吁吁，大聲嘶喊。

「娘！放開我娘啊！」

好在，衛家大郎、二郎走著走著，遇到了王有正。

看見衛氏在地上被拖行，王有正立刻急了，上去一拳把衛大郎揍倒在地，接著用那隻沒受傷的腳踢飛了衛二郎。

他扶起衛氏，心疼無比。

「月娘，妳怎麼了？」

衛氏滿臉驚恐與淚水，靠在他懷裡哭。

「相公，娘要替你休了我，叫我兩個哥哥把我帶回去，或賣或嫁都與王家無關。」

王有正氣急，直接罵道：「渾蛋！」

他把衛氏抱在懷裡，福妞也跑了過來。

「爹！娘不能走！」

王有正點頭說：「福妞，妳放心，咱們一家三口絕不能分開。」

三人正說著，王老太太帶人追來了，見此情景，怒道：「老二，衛氏已經被休了，你與她摟摟抱抱像什麼樣子？」

衛家兩個男人也上前，不悅地說：「王有正，你到底想怎樣？」

王有正環視一圈，惱怒至極。

「月娘是我王有正的娘子，我看你們誰敢動她！」

聽到他們的動靜，附近鄰里都跑出來了，瞧見這一幕，便小聲議論起來。

其實，大家都覺得衛氏很可憐，但也認為王家該休了衛氏。

接連生了五個閨女，死了四個，試問誰家容得下這樣的兒媳婦呢？

王老太太朗聲說道：「這些年，小事我素來不多計較，衛氏生了五個閨女，死了四個，若是在旁人家裡只怕早就將她驅逐出去。我不愛與人計較，但我是王家的人，不得不為王家考慮，有正是我兒子，我要為他的子嗣血脈做打算。鄉親們，你們說說，我做主休了衛氏，可有錯處？」

大家面面相覷，誰也不敢說什麼，王老太太要休了衛氏，還真的是在情理之中。可以說，是誰，都會這般做的。

王老太太嘆氣道：「老二，我知道你與衛氏感情深，但今日就算你們恨我，我也要為你的將來做打算，娘總不能看你斷了後呀！衛氏！妳但凡還有點良心，念著我家有正這麼多年待妳不錯，也該放了他。」

衛氏眼一閉，眼淚撲簌簌掉下來。害怕了許多年的事情，終於還是發生了。她鬆開王有正的手。「相……王郎，你、你就休了我吧！」

是她沒有本事，生不出兒子，她不能再耽誤王有正。

福妞見她娘如此，哭了起來。「憑什麼要讓我娘走？我也是爹娘的後人，我將來，一定比男兒還厲害。」

這話讓人忍俊不禁，都當福妞是在說笑話呢，哪個丫頭片子會比男人還厲害？

福妞哭著抱住衛氏。「娘，我要跟妳在一起，我不要跟娘分開。」

母女倆抱頭痛哭，衛氏心如刀絞，只想離開碧河村之後，找條河一跳了之。

所有人都盯著王有正，想看他做何反應。

崔大山媳婦低低地笑了，用手肘撞了下旁邊的趙瘸子媳婦。「平素都說衛氏漂亮，說王有正有福氣，呵呵，生不出兒子還不是一樣被休？要我說，女人漂亮有什麼用，還是能生兒子強。」

趙瘸子媳婦也笑。「那福妞一瞧就是跟她娘一樣，將來也生不出兒子，就算漂亮又怎麼樣呢。還是妳家惜兒好，我一看那渾圓的屁股，就知道她將來能生兒子。」

四周嘰嘰喳喳的，有人看熱鬧，有人可憐衛氏，也有人覺得王有正已經做得夠好了，是衛氏不識趣。

若是換了旁人，早該自己主動和離了，這麼多年生不出兒子，是個男人都接受不了。

王老太太靜靜地瞧著衛氏、王有正與福妞，她今日是做足了準備來的，就不信休不了衛氏。

待衛氏被休，她便要全權掌管王有正的銀錢，此外，再等上幾年，福妞嫁人，彩禮也能到她口袋裡。

想到這些，王老太太這些天來的惡氣才算出了。

可誰知道，王有正忽然站起來，他緊緊抓住衛氏與福妞的手，聲音鄭重、冰冷道：「我王有正絕不休妻！我們一家三口，哪怕是死，也要死在一起。」

這麼多年來，因為沒有兒子，他夫妻倆在王家處處退讓，可結果換來什麼呢？是他娘要替他休了衛氏。

見王有正這樣，大夥兒都覺得震撼。

他可真是個爺們！都這樣了還不願意拋棄髮妻。

崔大山媳婦眸子一緊，她想想若是自己生不出兒子，只怕早就被崔大山休了，這王有正是個真男人。

王老太太呵呵一笑。「老二，你也老大不小了，既然你不肯聽我這個當娘的話，那麼今日我便給你兩條路。」

她來回走了幾步，看向大家。「你們都幫我見證，無論他選了哪一條路，都不能再回頭。」

大家都很好奇，想著王老太太會給出什麼選擇。

王老太太緩緩說道：「不休妻，也行啊！兩條路你聽好了，第一條路，打今兒起，二房的帳目我來管，等攢到了銀子，過繼個男娃給你，或是再買個女人回來生子；第二條路，你們一家三口不許再碰王家任何財產，房子、田地、衣裳、家具、牲口，都不許再碰，既然你們有骨氣，便自己想辦法過日子吧！」

旁人嘰嘰喳喳的都在說話，有人勸王有正和衛氏。「你們沒有兒子，的確對不住王家，你娘也不算為難你們，不休妻，這帳目也的確不能讓衛氏管了。」

衛氏眸色黯然，她覺得自己真的很對不起王有正，卻不知道該如何是好。

王有正直直地看著他娘，他沒想到，因為福妞落水以及自己的腿傷，就完全看清了王家人猙獰的真面孔。

不就是貪那點錢嗎？

說來說去，弄了半天，就是他娘想從他身上吸血罷了！

他心中冷得很，忽然就跪在地上磕了個頭。「娘的意思是，若我不接受第一條，那麼第二條也跟斷絕關係差不多了。」

王老太太瞇起眼。「你這樣想，那就當是這個意思吧。你忤逆不孝，我有你這樣的兒子，也實在是辱沒了王家。」

王有正忽地笑了，朗聲說道：「既然王家嫌棄我們，那我們也不願意再辱沒王家。從今日起，王家的房子、田地我們不要了，王家與我們，一刀兩斷。」

這真是讓人震驚，眾人還沒反應過來，王有正繼續說道：「娘，您生了我，養了我，但您不疼我，也休怪我不孝。從今日起，我就真的不孝了，您的一切，我都不管了。但您放心，等您百年之後，我定為您打一副最好的棺材，以示我的孝心。」

衛氏抓住王有正的手。「不成，你休了我吧，你不能沒有地、沒有房子，否則福妞怎麼辦？」

可王有正卻按住她的手。「我好手好腳的，餓不到妳們娘兒倆，妳們放心。」

王老太太見王有正如此倔強，抬手說：「好！好！族老、鄉親們，大家也都瞧見了，從今日起，王有正和衛氏，再與我王家無關。二房的屋子，他們一步也不許再踏進去。」

她說完，便帶著秦氏去強占王有正的房子，此外還要拿地契去里正那裡更改名字。

衛家兩個男人咒罵幾句，也走了。

衛氏絕望地看著王有正。「這可怎麼辦！相公，沒有房子、沒有地，我們住哪兒？」

王有正也愁，他低著頭，什麼也說不出來。

福妞在旁邊，眼睛轉了轉。「爹、娘，要不，咱們去找找看有沒有山洞湊合一下？」

山洞是可以湊合，但山上有蛇，還躲著狼，夜裡是非常危險的。

王有正之前和村裡其他獵戶一起上山，好幾天才回來，夜裡就住在山上，常常有人被這些東西傷著。

但此時也沒有別的法子，一家三口只能先去湊合一晚。

第八章　搬入新房

他們三人才走了一會兒，後面就追上來一個女人，這女人穿得破破爛爛，身材矮小，一副苦情的長相。她氣喘吁吁地說：「王家兄弟、王家嫂子，你們莫走，我今日在家伺候相公，沒有出門，剛剛才聽說你們家的事情，你們這是要去哪兒？」

這人名叫余氏，她的相公名叫田明康，先前也是屠戶，與王有正一同打獵過不少次，只可惜連著幾年冬日上山，不小心得了風濕，腿疼得下不了床，什麼也做不了了。

這一家子也是窮苦得很，余氏生了個兒子，可瘦弱矮小，整日咳得不停，都沒人敢靠近他們。

衛氏瞧見她，便微微一笑道：「我們要上山，找個山洞暫且湊合一下。」

余氏誠懇地說：「我是想，我家裡人少，有一間屋子空著，你們不嫌棄的話，不如去我家住幾日？」

王有正與衛氏互相看了一眼，都很感激，便點頭答應了下來。

余氏很高興，趕緊帶著他們回去。

因為相公幾乎癱瘓，兒子又病懨懨的，家裡大小事都是余氏操勞，心有餘而力不足，因此屋子裡黑漆漆又亂七八糟的。

余氏推開門，有些不好意思。「你們別嫌棄我家髒，我知道王家嫂子是最愛乾淨的了。」

衛氏趕緊說：「妳能收留我，已經太感謝了，大恩大德無以為報，我們怎麼會嫌棄？」

她說著，趕緊幫余氏收拾東西，王有正則是去和田明康打招呼，田明康躺在床上，半死不活，簡直像快沒氣了似的。

余氏嘆氣道：「我家日子苦，可沒想到你們也苦，王家老太太實在是過分了些。」

衛氏拿著掃把掃地。「算了，若真能從此劃清界限，也許是好事一樁。」

她幹活果真俐落，不過一刻鐘，便把田家收拾得乾淨整齊，瞧見廚房沒有柴了，又囑咐王有正去砍些柴，福妞便要跟她爹一起去。

「爹，我去挖野菜，咱們到時候一起吃。」

王有正點頭，帶著田家的斧頭，便與福妞一起出門了。

此時，他們原來的房子裡，王老太太、秦氏、王有財、王翠翠和牛蛋正在翻找，瞧見所有二房的東西全成了他們的，都歡喜得什麼似的。

秦氏不住地誇讚。「娘，還是您厲害，薑還是老的辣！」

王老太太哼了一聲。「老二蠢笨，不出幾日，還是要乖乖回來求我，到時候再把衛氏休了也不遲。」

一家三口沒有地方住、沒有東西吃，連換洗衣服都沒有，能堅持幾日呢？

可此時，衛氏與余氏在說話，余氏黯然神傷道：「我家相公得了風濕之後，村裡再沒有人來了，只有妳相公來關心了幾回，只是我相公不爭氣，如今狀況越來越差了。」

兩個女人惺惺相惜，衛氏抓著余氏的手，安慰道：「天無絕人之路，就像我們到了這般田地，不還有妳收留嗎？妹子，妳心腸好，肯定會越來越好的。」

想到自己一家子什麼都沒了，攢的那點銀子也放在屋裡拿不出來，衛氏難免心痛。

她們兩人在家說話，福妞和王有正到了山腳下，此時野菜倒是不少，福妞挖野菜，她爹在旁邊砍柴。

算算田家一家三口，外加自家三口人，吃得肯定不少，福妞便多挖了些。她想到山上這幾日長了不少櫻桃，便說：「爹，咱們不如去摘點野櫻桃回去，也算是給田家的禮，咱們住他們家，著實給人家添麻煩了。」

王有正自然同意，帶著福妞又往山上走了一會兒。野櫻桃低矮的部分早被人摘光了，剩下的都是樹頂上的，但正因為生在高處，得到了陽光的充分照射，長得又大又紅。王有正爬上去摘了一些扔給福妞，福妞擦擦，吃了一顆，鮮甜可口、汁水四溢，當真美味。

她仰頭看著樹上的人說：「爹，您別爬太高了，上頭危險！」

王有正低頭往下看，小閨女臉蛋白淨，嘴唇被櫻桃染得更紅，漂亮得像個玉娃娃。

今日之事讓人心冷，但妻女還在身邊，這讓他覺得心頭暖暖的。

「成，爹這就下去。」

王有正往下爬，無意間往遠處一看，瞬間愣住了。

他嗖嗖嗖地下來，一邊往前衝一邊說：「福妞別動，爹很快就回來。」

王有正常年打獵，嗅覺敏銳，跑得又快，福妞抱著櫻桃和野菜愣在原地。

他是去追一頭麋鹿了，方才在樹頂遠遠瞧見了，立刻就想著一定要把這頭鹿抓住。

王有正雖是打獵好手，隨身不離那把好刀，但隻身一人對付一頭野生的麋鹿，依舊是力不從心。

那麋鹿與他槓上了，鹿角對準王有正頂了過去，若真頂到了，只怕王有正的肚皮會被捅個洞出來。

福妞跑過去，大口喘氣，見著她爹先是被鹿踢翻在地，接著那鹿就要去頂爹的肚子，福妞嚇得抓起旁邊一根木棍就打了上去。

她才十一歲，力氣也不大，這時候又驚又怕，一個沒抓牢，棍子就從手中飛了出去，好巧不巧直接砸中了鹿的眼睛，鹿嘶吼一聲，瘋狂搖頭。

王有正趁此機會，撲上去一刀砍倒了鹿。

這麼大一頭鹿，鹿角尤其漂亮，鹿皮更是光滑，若是製成了大氅，那當真是華麗無比。

王有正眼中生輝。「福妞，爹打獵幾十年，這是收穫最大的一次了。」

福妞擦擦汗，紊亂的心跳才稍微平復了些。兩人把鹿運回去，都累得氣喘吁吁，但心裡的高興勁幾乎要溢出來了。

回去之後，大夥兒看到麋鹿也是又驚訝、又開心。衛氏和余氏煮了一大鍋玉米糊糊，喊上大家一起吃飯。

余氏的兒子田大路今年十歲，見著福妞有些羞澀，平日村裡男孩和女孩不一起玩，他家中也只有他一個孩子，身子又瘦弱，素來被人看不起。

可福妞朝他一笑，眼睛彎彎像月牙似的。「田大路，我是福妞呀。我十一歲了。」

田大路看著眼前女孩明亮澄淨的眸子，莫名喜歡她，覺得這女孩像春天枝上的桃花似的，漂亮純淨，宛如透著一股香甜味。

余氏推他一把。「大路，叫福妞姊姊。」

田大路有些不情願。「福妞姊姊。」

福妞高興地笑了，拉著他的手，摸摸他腦袋。「弟弟，以後我會好好照顧你的。」

大夥兒用完飯，借了板車，把鹿運到了鎮上，那兒有一家十分奢華的酒樓，酒樓的人瞧見那頭鹿，眼睛一亮。

王有正是獵戶，素來熟悉價格，但這頭鹿與尋常的鹿不一樣，品相極佳，鹿角、鹿皮尤為值錢，最終以五十兩銀子成交了。

王有正拿著銀子，分外高興。原本他們被王家人趕出來，算是走投無路了，如今有了這五十兩銀子，一家三口也不愁沒住處了。

在村裡買地需要用錢，他們就去山腳下開墾一塊荒地，蓋幾間屋子，打算以後在那裡安安穩穩過日子。

因為蓋房子需要時間，三人便暫且在田家住下了。

衛氏和王有正都擔心打擾了田家，可田家卻感覺自從他們一家人來了之後，日子忽然變得有溫度了。

首先，衛氏很勤快，一睜眼就裡裡外外地打掃，家裡變得乾淨明亮了，余氏不再整天唉聲嘆氣的。

衛氏做飯又格外好吃，普通的飯菜，她都能做得十分可口，加上福妞帶著大路一起出去，不是撿到鳥蛋就是採到蘑菇，餐餐都能吃得飽，就這樣，躺在床上的田明康也變了。

他已經沈默寡言好幾年了，躺在床上一動不動宛如活死人，可是這一天，他卻緩緩地坐了起來，對著王有正說：「王家兄弟，多謝你了。」

王有正嚇了一跳，趕緊說：「該是我謝你才對。田大哥，你好好養著，等身子恢復了，咱們再一起上山打獵。」

田明康一笑，是真的感激。

余氏見丈夫肯動了，還坐起來了，忍不住背地抹淚。

衛氏勸道：「大路他娘，妳也莫要灰心，我從前聽人家說了一個偏方，不如咱們試試？」

余氏苦笑。「這些年，我不知道試了多少偏方，都沒有用。」

衛氏堅持道：「那咱們再試試，也不耽誤什麼，說不定有用呢？」

接著，衛氏告訴余氏自己知道的偏方，那便是剪了垂柳枝煮水，外加用石灰包著草葉子敷在腿上。

當晚，田明康竟然沒再疼得唉聲嘆氣，難得睡了個好覺。

如此這般試了幾晚，田明康竟能下床走動了！

他雖是扶著東西走的，余氏卻當場哭了起來，田明康自己也眼眶泛紅。

余氏只差向衛氏下跪了，而衛氏卻笑道：「若非你們收留，我們還流落在外，說起來，也算是你們善有善報呢。」

田明康身子越來越好，田家日子便好過許多。衛氏和福妞又試著買了些珠子做簪子，母女倆一起拿到鎮上去賣，竟然賣了一百多文。

兩人更是來了興致，買了更多珠子、布料、絲線，連著趕出幾十支簪子，每次拿到鎮上都是一搶而空。

鎮上的姑娘、婦人們開始流傳，說有一位鄉下娘子名叫衛氏，帶著個粉嫩的小女孩時不時來賣自己做的簪子，都是漂亮得很。

雖說這活兒挺賺錢，但王有正還是心疼她們，畢竟一直低頭做簪子很傷眼睛，另外每次都是走去鎮上，著實辛苦。

他心想，房子蓋好之後，若是能再打到幾次大的獵物，過個一、兩年買輛牛車便好了。

不過二十來天，王有正便請人在山腳下蓋了三間屋子，雖說簡陋了些，離村裡也有段距離，但在房屋四周建了籬笆，倒也安全。

房子弄好，又購置了些日常用品，一家三口便搬進去了。

田家人依依不捨，尤其是田大路，他喜歡福妞，紅著眼說：「福妞姊姊，我以後還能去找妳一起玩嗎？」

「當然可以，這裡走到山腳下，也就一炷香時間，你只管去找我。」福妞笑咪咪地說。

田大路鄭重地點頭。

福妞跟著爹娘搬去了山腳下，因為蓋房子的時候沒跟旁人說，故搬遷那日就田家三口人來吃了頓飯。

新房子裡桌椅皆是王有正親手打造的，衛氏想到往後一家人可以過著平和的小日子，晚上作夢都在笑；福妞也是開心得很，白天幫著她娘做簪子、做家務；王有正則是砍柴挑水，又在屋子旁開墾了荒地，打算種些作物。

這邊的地雖然不夠肥沃、產量不高，但只要夠勤快、多施肥，倒也不是什麼大問題。

福妞一家三口的日子過得舒坦，村裡人卻都在私下猜測。

當初王老太太把福妞一家趕出去，這三人先是在田家住了一陣子，再來就消失了，到底是去哪裡了呢？

難不成是餓死了？

有好事的人問余氏，余氏只說不清楚，說王家三口走的時候啥也沒提，就那麼走了。

王老太太聽說了之後，沈默了一會兒。她原本以為自己定然可以控制二房，卻沒想到是這樣的結果。

但想到二房的屋子、田地以及留下來的東西都是他們的了，心裡才算是有了些慰藉。

王老太太搜出衛氏先前存的銀子，心裡快活得不行。她之前的積蓄因為蓋廚房花掉許多，如今又多出一筆，自然高興。

可沒幾日，秦氏便求到了跟前。

「娘，牛蛋的讀書先生說，又要交書費了，您看……」

王老太太皺眉道：「怎麼又交錢？上回才交了三百文，家裡哪裡有那麼多銀錢？」

秦氏勉強一笑。「娘，牛蛋讀書是大事，耽誤不得。雖說現在是花錢，但等他考到功名，您可不就享福了嗎？」

牛蛋的確是王家的希望，王老太太只好不情不願地拿出三百文。秦氏又趕緊說：「娘，翠翠年紀不小了，若有好的人家也該訂親了，她穿的衣裳破破爛爛，誰看得上她？不如，您多給些銀子，我幫翠翠做身新衣裳。」

可誰知道，王老太太立即翻臉了。「我去哪兒弄銀子？處處向我要銀子，妳當我是地主？就只有這麼多，妳愛要不要。」

她把三百文摔到秦氏跟前，轉頭不再看秦氏。秦氏賠笑，撿起銀子，出去之後卻惱了。

一回自己屋子，秦氏便罵道：「老太婆！如今二房與妳斷絕關係，妳竟敢這般待我，妳就沒有老得動不了的那一日嗎？」

正說著，王有財回來了，秦氏還在唸個不行，王有財覺得煩，便道：「娘的東西遲早會是咱們的，妳急什麼？」

這話倒是提醒了秦氏。

說得對，死老太婆的東西遲早是他們的，若老太婆早些死，那她不就可以早些拿到銀子嗎？

如今老二脫離王家了，老太婆活著也沒用了，秦氏想了一夜，第二日就去抓了藥。

打這天起，王老太太每日吃了飯就總覺得暈乎乎的。

第九章　王老太太死了

時至八月，福妞一家在自己開墾的地裡種了玉米、白菜、蘿蔔等作物，苗兒都長得極好，綠瑩瑩的一片。

他們一家不與村裡人來往，選擇的山腳也是村裡人鮮少會去的地方，因此生活得與世無爭，分外悠閒。

福妞與她娘賣簪子生意極好，比種地賺得還多。

他們不知道，王老太太在八月底吃了一頓晚飯之後，便再也沒有醒來。

村裡人都很詫異，王老太太向來愛惜身子，怎麼會忽然就死了？

秦氏哭天搶地。「娘呀！您是活生生被二房氣死的呀！都怪衛氏那個下賤的東西，怎麼就把老二勾走了呀！」

然而，王老太太的喪事辦得寒酸又倉促，死後第二日便胡亂買了一口棺材下葬了，幾乎可以說是村裡最上不得檯面的後事了。

人人都在感嘆，王老太太最在意這些了，真沒想到，活了一輩子活成了這個樣子。

因為王老太太的後事辦得匆忙，等余氏知道了再去通知福妞一家的時候，王老太太都已經下葬了。
王有正瞬間愣住了。
雖說他對他娘失望透頂，但畢竟是親娘，他還是心裡猛地一疼。
衛氏也覺得唏噓，怎麼才沒幾個月，婆婆就去世了呢？
不過，想到婆婆當初死活要趕走她，衛氏便也沒有什麼心疼的感覺了，倒是慶幸往後再也不用擔心和王有正分開。想畢，又覺得自己這種心態不妥，畢竟婆婆是王有正的生母，且死者為大，她也不該多說什麼。
王有正帶著福妞和衛氏一道去了王老太太墳前，新墳本應被花圈、紙人、紙馬等物包圍，墓碑也該漂漂亮亮的，可王老太太的墳極其寒酸，像是隨意堆砌出來的，墓碑也是最劣質的。
「娘，謝謝您生了我，雖然說您偏心，但也算是把我拉拔長大了，希望您下輩子做個開明的人，莫要為難任何人，也莫要被任何人為難。等兒子攢了錢，給您立個新碑。」
王有正對著墓碑磕了三個頭，燒了一把紙，起身離去後，終究是紅了眼。
王老太太死了之後，王家大房和二房就成了陌生人，村裡人也漸漸知道王有正一家住在山腳下，好事人便都等著瞧他們能過成什麼樣子。

有人說：「若是我，必定會去把原本屬於二房的東西拿回來，王有正和衛氏兩口子就是懦弱。」

「是啊，至少把地拿回來，沒了地，如何營生呢？王有正他們在山腳下開墾的地，想必長不出什麼東西來的。」

到了九月分，村裡發生了一件大事。

原本該是豐收的時節，卻忽然來了許多蝗蟲，大肆啃食作物，大夥兒趕忙搶收，能收多少算多少，可王有財一家的作物卻幾乎被蝗蟲啃食一空。

相反的，王有正和衛氏在山腳下開墾的荒地，頭一次種的玉米就因為施肥長得很不錯，採收了好幾袋呢。

秦氏如遭雷擊，哭了好幾日，怒罵剛死了的王老太太不知道保佑王家大房。

所幸王老太太死後，秦氏從她房中搜刮出不少銀子。原本王老太太死後她必須守孝，但不過月餘，她便悄悄買了一支簪子戴著，還做了新衣裳，在村裡走來走去，扭個不停。

她日子過得滋潤，牛蛋說要吃肉，她就殺了一隻雞，連帶著王翠翠也吃了幾塊肉。此外為了能讓王翠翠被媒婆注意到，說個好人家，秦氏還為她做了一件新衣裳。

新衣裳是緋紅色的布料，王翠翠喜歡得很。自從奶奶死後，她吃得越來越好，身子骨兒也不似從前那般瘦弱了，雖然膚色黑了點，但穿上新衣臨水一照，就覺得自己格外漂亮。

可王翠翠出門轉了一圈，就聽到田大路在和村裡的人說話。

「我的福妞姊姊是村裡最漂亮的姑娘，沒有人比她好看。」

其他小孩也都跟著點頭。「福妞生得美，就是命苦，被她奶奶趕出去，只能住在山腳下。」

田大路思索了一番，立即爭辯。「福妞姊姊過得好著呢，他們家日日有肉吃，福妞姊姊還穿了漂亮的新衣裳，比、比咱村所有姑娘的衣裳都好看，其他人都沒穿過這麼漂亮的衣裳。」

王翠翠眸子一沈，她看著自己身上的漂亮衣裳，心想福妞的衣裳能有多好看？

二房一無所有地出去了，能有飯吃就不錯了，還想穿漂亮衣裳，那不是作夢嗎？

為了看看福妞到底穿了什麼樣的衣裳，王翠翠故意說西山腳下野菜特別多，便帶了一群小夥伴去挖野菜。

福妞一家就住在西山腳下，這會兒，福妞沒在幹活，她爹為她做了個鞦韆，福妞坐在鞦韆上，吃她娘做的柿子餅。

柿子餅甜軟可口，是山上摘下來的野生柿子做的，紅彤彤的大柿子做成柿餅，上頭還有一層白色的霜，吃起來嚼勁十足，福妞邊吃邊盪鞦韆，舒服得都快睡著了。

忽然，聽到一陣聲響，她瞇眼看過去，發現是王翠翠他們。

福妞不想搭理這些人，但瞧見田大路，立即就笑了，她走過去問：「弟弟怎麼來了？」

田大路高興得很。「福妞姊姊，我跟著他們來挖野菜。」

福妞把手裡的柿餅遞給他一塊。「弟弟你快嚐嚐這個，我娘做的，可好吃了。」

因為田家對自己一家有恩，福妞待田大路非常好。

田大路猶豫了下，接了過來。「福妞姊姊，妳對我真好。」

福妞揉揉他腦袋。「你是我弟弟，我不對你好對誰好？」

村裡其他小孩看著羨慕得要命，他們家裡人都忙得要死，誰會有空做那什麼柿餅呢？更何況有新鮮的柿子直接就吃光了，根本等不及做柿餅。

尤其王翠翠，饞到不行，她衝過來一把奪走田大路手裡的柿餅。「你姓田，拿我們王家的柿餅幹什麼？」

說完，她轉頭看向福妞。「妳少胳膊往外彎了，牛蛋才是妳弟弟，這柿餅合該給牛蛋吃。」

說完，王翠翠才注意到福妞穿的衣裳。今兒個福妞穿的是一件碧色的裙子，上頭繡著杏花，看起來精緻得很；而王翠翠的新衣裳，只比黑灰色亮了些，同福妞的碧色繡花裙子一比，就顯得庸俗不堪、低人一等。

王翠翠不知道福妞哪來這身衣裳，抬眼再看看乾淨整潔的小院子，籬笆旁邊種了花，院子裡搭著葡萄架子，地上匍匐著瓜藤，似乎還藏著小瓜。

福妞的日子過得未免也太好了，她憑什麼！

王翠翠抓著柿餅就要走，卻計上心來，轉頭要推福妞一把，她要讓福妞摔倒在地，弄髒那漂亮的裙子。

可誰知道，王翠翠才一出手，田大路就橫插一腳，直接絆倒了王翠翠。

王翠翠衣裳布料本身就很薄，這麼一摔，「嗤啦」一聲岔開一道大口子，裡頭的中衣都露出來了，旁邊跟著來挖野菜的人都哈哈大笑起來。

田大路從她手裡搶回柿餅，還惡狠狠地對著她說：「休想欺負我福妞姊姊！」

田大路平日膽子小，但不知為何，見了有人要欺負福妞，就不顧一切衝了上去。

王翠翠也被嚇到了，想到自己肯定打不過一個男孩，便起身一瘸一拐地回去了。

她回去之後鼻涕眼淚俱下，跟她娘哭訴福妞如何指揮田大路欺負她。

「嗚嗚嗚，娘，我的新裙子，我好不容易才做了這麼一件衣裳，難不成就要打補丁了？都怪福妞那個掃把星，把他們趕出王家，他們還是不肯放過咱們。」
秦氏氣得要命，她目光陰沈地看著王翠翠。「不爭氣的東西！妳比福妞那賤種還大一歲，怎麼會鬥不過她？」
她站起來，拿了一把鋤頭就要去找衛氏的麻煩。
秦氏一邊走一邊罵。「余氏這個賤貨也不能放過，敢欺負我家孩子，看我不好好教訓妳們。」
想到今日有理由去找衛氏的麻煩，秦氏心中升起了一股高興勁。
她匆匆走到村口，正要往山腳下走，忽然不知哪裡竄出一條野狗，對著秦氏喊了兩聲。
秦氏揮著鋤頭凶道：「賤狗！你衝老娘喊什麼？」
雖然這狗看起來凶狠，但秦氏想著自己有鋤頭，難道嚇不走牠？
可惜，她想錯了，那狗瘋也似地衝上來，一口咬住了秦氏的褲腿，狠狠撕掉了一塊肉。
「啊！娘啊——」
秦氏的慘叫聲幾乎穿透了整個碧河村，福妞和田大路正在家裡玩，一邊吃柿餅一邊喝綠豆湯，此時好奇地互相看了一眼。「誰在喊？」

被狗咬掉一塊肉，那疼痛簡直撕心裂肺，秦氏哭天搶地，把衛氏往死裡咒，可誰也無法代替她的痛。

大夫還說了，若是她能挺過來還好，若是挺不過來，說不準以後會發狗瘋呢。

想到自己兩個孩子都還沒長大成家，何況牛蛋將來是要中舉人的，秦氏不再喊疼，大碗的湯藥往下灌，那傷過了約莫半個月也就好了。

余氏去看衛氏的時候順便提了。「聽聞秦氏那傷口實在猙獰，掉了整整一塊肉。就是……不知道她有沒有受到教訓，說不準好了之後，還是要找妳我的麻煩。都怪大路不聽話，我已經將他教訓了一頓，回頭我去找秦氏賠禮道歉。」

衛氏趕緊笑道：「妳賠禮道歉？道什麼歉？是她閨女欺負大路和福妞在先，要道歉也是她道歉。從前我因為沒生兒子，心中有愧，處處不敢和婆婆、嫂子頂嘴，幸好如今已和他們劃清界限。總之，凡事要講理，要道歉也是他們跟咱們道歉。」

她一邊說話，一邊挑菜，想到了余氏的性子，又說：「妳性子比我還軟，若是秦氏找妳麻煩，妳只管讓大路來找我，我和我家相公去幫妳。」

余氏點頭道：「我知道了，唉，我若是能跟妳一般便好了。」

因為知道秦氏的厲害性子，余氏真的提心弔膽了一陣子。

而秦氏也的確把被狗咬的事情怪罪到余氏和衛氏頭上，她好了之後，第一件事便是去找衛氏的麻煩。

這回，秦氏拿了一把刀，她要叫衛氏賠錢，把自己抓藥的錢，還有翠翠的裙子錢，統統都還回來。

秦氏走得飛快，到了福妞家門口的時候，衛氏正在澆蘿蔔。

她種的蘿蔔發了芽，便挑了一桶糞水，打算為蘿蔔施肥。

秦氏舉起刀，喊道：「衛氏！咱倆出來算算帳！」

說完，秦氏就往前走，可誰知道，腳下竟然絆到了塊石頭，她身子猛地往前一撲，整個人撲到了那桶糞水裡。

今兒個只有福妞和衛氏在家，母女倆聽到聲響回頭一看，只見一個女人忽然從地上站了起來，頭上頂著裝糞水的木桶，身上滿是污穢，聞著讓人作嘔。

第十章 下咒

那桶糞水奇臭無比，偏偏桶子卡在秦氏頭上拿不下來，等她把桶硬拽下來之後，只見頭髮散亂，渾身都是黑色污穢，糞水幾乎沾染了她身上的每一處。

那股臭得讓人想暈過去的味道，讓秦氏跑到路邊幾乎把腸子都要嘔出來了，她吐了再吐，到最後實在吐不出來了，只能渾身發軟、踉踉蹌蹌地回家去了。

衛氏皺著眉頭，福妞趕緊過去幫她娘一起把門口清掃了一遍，又燃了些艾葉，這才把味道弄散了。

想到方才秦氏狼狽的樣子，福妞和她娘忍不住就想笑。

也許這就是惡有惡報吧！

秦氏從村口走到家，一路上遇到不少人，人人都嚇了一跳，接著就捂住鼻子離她老遠。

等回到家，秦氏沒命地脫掉衣裳開始洗澡，皂角用了一大把，可身上那股惡臭就是散不掉。

牛蛋原本就不情不願地讀著書，聞到味道後說：「啥東西這麼臭，臭得我都看不下書了！我不讀了！」

氣得秦氏掄起鞋就要打他。

到了晚上，她已經洗了好幾次澡，差點沒把身上的皮都搓掉一層，可睡覺的時候王有財還是忍不住想離她遠一點。

這讓秦氏十分生氣，偏要往他懷裡擠。「你也嫌我臭？你這個死男人，我是被衛氏那個賤人陷害的！」

王有財不敢說她臭，強行忍著，可沒忍一會兒，忽然就乾嘔起來。

秦氏怒不可遏，與王有財吵架吵了一夜，到最後兩人都累了，王有財倒頭就睡，秦氏卻睡不著，認定王有財是心裡還有衛氏，所以不幫她說話。

她越想越氣，最後哭到天亮，眼都腫了。

第二日，王翠翠和牛蛋瞧見娘通紅的眼睛，什麼也不敢說，但王翠翠是靠她娘過活的，還是關心了幾句。

「娘，怎麼二房搬出去之後，日子越來越好？聽聞他們日日有肉吃，福妞還穿了那樣好的衣裳，難不成是脫離了詛咒？娘，您先前給二房下的咒，如今不管用了？」

這倒是提醒了秦氏，她想起自己當初為了和衛氏在婆婆跟前爭寵，特意去下了咒，詛咒衛氏生不出兒子、日子不順心，可誰知道，那咒的威力遠遠比她想得還厲害，衛氏生一個死一個，生到第五個，還是個丫頭。

「那咒就埋在二房原先的屋子底下，如今只怕是沒用了，我再去求一個新的，放在他們新房子牆角下，我就不信他們能有什麼好日子過。」

秦氏輾轉找到了十幾年前那個算命的神婆，神婆問了幾句，見是個人傻錢多的，便笑了。「我的咒語當然管用，妳若是誠心，便出個大價錢，我保妳想詛咒什麼便詛咒什麼。」

其實這咒只能稍微改變人的氣運，並不會出人命，否則神婆可不敢做，她還怕遭天譴呢！但遇上秦氏這樣的人，假的也就是真的了。

秦氏激動了。「那，妳幫我再弄一個符，我要詛咒他們一家子都死光！」

神婆慢悠悠看了秦氏一眼，心想這人夠狠毒，不多坑點錢都對不起此人的狠毒。

「十兩。」

秦氏愣住了。「十兩？怎麼這麼貴？十多年前那回才十來文錢啊！」

神婆神秘地低頭看她。「先前的咒語威力十足，賠上了好幾個人的性命，只怕妳要遭到反噬。」

秦氏嚇到了，神婆又安慰她。「但這無妨，我能幫妳化解，妳只要給我十兩，我既能替妳化解反噬之事，還能幫妳畫一個符文，讓妳繼續詛咒他們，豈不快哉。」

思前想後，秦氏最終咬牙答應了。

神婆心裡一笑，收了銀子，給了秦氏一只錦囊，這錦囊的確有些小用，但若想把人詛咒死，還是遠遠不夠的。

她低聲說道：「妳只須把錦囊埋在那戶人家的牆角下，頂多一、兩年，他家必然會出人命。」

一、兩年後，若是沒出人命，秦氏來找，神婆只要說是那人發現了詛咒找人破解了，便糊弄過去了。

秦氏拿著錦囊，千謝萬謝地走了。

她悄悄去了王有正家屋後，把錦囊埋了進去。

秦氏挖坑的地方，正是福妞的屋子，福妞正在屋裡做簪子呢，她聽到窸窸窣窣的聲音，出來一瞧，什麼也沒有。

倒是屋後的樹上掉下一個爛了的鳥窩，滾到了牆角。

福妞撿起鳥窩，想扔了，怕招蟲子，可卻瞧見牆角有泥土鬆動的痕跡，她拿東西扒了幾下，竟然發現一只錦囊。

這就奇怪了，誰會把錦囊埋在這裡呢？

福妞想了想，往前走了一段路，把錦囊掛在路口的樹枝上，想著若是誰丟了，回頭來找的話，便可以找到了。

秋風一陣一陣的，福妞才走沒多久，王翠翠就來了。

她近來總想到福妞家附近瞧瞧，看看福妞在幹什麼，有沒有倒楣。

可今兒還沒走到福妞家門口，王翠翠就瞧見樹枝上掛著一只漂亮的錦囊。

她喜歡這些花俏的東西，但她娘捨不得給她做，因此見了之後，立刻取下來揣到懷裡，愛不釋手。

想到娘是個偏心的人，王翠翠決定不讓她娘知道她撿了個漂亮錦囊的事。

一眨眼，進入十月底，天氣一下子轉涼了。

秋風秋雨多，去鎮上就成了困難的事情。

衛氏和福妞積了不少做好的簪子，打算半個月去一趟鎮上，但走路過去實在不太輕鬆，王有正最後決定不讓福妞去，他們夫妻二人去便是了。

兩口子去鎮上賣簪子的時候，便叫福妞去田家待上半日。

這一天，福妞在田家幫忙余氏剝豌豆，正剝著，忽然外頭嘩啦啦地下起了大雨，福妞一下子站了起來。「好大的雨。」

余氏也發愁。「不知道妳爹娘這會兒是在鎮上還是回來了，雨這麼大，就是撐傘也會淋濕啊。」

果然，王有正和衛氏回來時，渾身濕透，兩人不住地打噴嚏。

余氏把熱薑湯遞上去，福妞心疼得眼淚都要掉了。

「爹、娘，你們辛苦了。」

她用手背擦擦淚，心裡實在難受。

衛氏趕緊摸摸她腦袋。「不過是淋雨罷了，誰沒淋過雨呢？福妞，咱們在妳田伯伯家休息一會兒，便要回家了。」

沒一會兒，雨小了，三人回到自己家，天也黑了。

今兒簪子賣得不多，王有正買了肉回來，晚上衛氏做了一道紅燒肉，軟嫩可口，舌尖輕輕一碰就化了，福妞都忍不住吃了一大碗飯。

如今他們靠著賣簪子和種地，收入不錯，家裡時不時可以吃得到肉。

但這離福妞想要的日子還差得遠，她想要有一輛牛車，可以讓她爹蓋個頂篷，那麼下雨的時候就不會淋濕了。

福妞琢磨著，還有沒有比賣簪子更能掙錢的事呢？

她撐著小腦袋想了半宿，最終睏得睡著了，也沒想出來。

下了一整夜的雨，讓整個世界都濕答答的，第二日一大早，王有正就要去抓魚。

「趁著下雨，魚多，我去多抓幾隻給妳們娘兒倆吃。」

衛氏在洗衣裳，叮囑道：「千萬當心。」

福妞立即跟上去。「爹，我也要去。」

王有正笑著說：「好，妳去幫爹撿魚。」

河邊此時已經有不少人，大夥兒都是懷著一樣的心思，想抓魚，吃吃葷。

可河水漲得很高，水流湍急，雖是有魚，但非常難抓。

崔大山見王有正來了，情緒一下子高漲了起來。

他可是清清楚楚地記得，前不久田明康跟人說起王有正打了一頭鹿，足足賣了好幾十兩銀子，王有正就是靠那頭鹿才蓋了新房子的。

為什麼他崔大山打不到那樣的好貨色？

王有正憑什麼？

他心裡憤恨不平，嘴上卻笑著。「有正，你也來抓魚？快，你看看哪裡的魚好抓？」

王有正記得衛氏的叮囑，說道：「這水太急了，又危險，只怕都不好抓。若是抓不到，就罷了。」

福妞惦記著貝殼，她想要撿一些河蚌回去敲碎了做簪子，便拉拉她爹的衣袖，甜甜地說道：「爹，那咱們可以先撿一點河蚌嗎？」

河蚌的肉根本嚼不動，通常沒人想要。

王有正疼閨女，閨女要啥他給啥，於是立即捲起袖子要撈河蚌。

河蚌很好撈，不一會兒，王有正便為福妞撈到許多又大又漂亮的河蚌，福妞高興地撿了起來。

崔大山忍不住在心裡翻白眼。這河蚌有什麼用？小孩子過家家不懂事，王有正竟也跟著犯蠢。

原本想著盯上王有正和福妞，定然可以撈到魚，可沒想到，王有正和福妞並未久待，父女倆拿著河蚌就走了。

其實也不難理解，福妞一家近來日子過得好，河水湍急，他們哪會為了一口吃的冒險呢？

崔大山眼神晦暗，想到王有正那把好刀，心裡始終如梗著根魚刺一般。

王有正拿著河蚌回到家，知道閨女是為了做髮簪，還替閨女把河蚌一個個敲開。

很快，王有正就把十來顆河蚌都打開了，接著，就洗手去忙其他事了。

福妞接著把裡頭的蚌肉刮掉，卻忽然發現，這回撿到的河蚌和先前的不一樣。蚌肉裡，似乎長著什麼東西。

福妞有些緊張，一點一點地扒開，就瞧見那都是珍珠啊！

一顆顆潔白泛著瑩瑩光澤的珍珠，被福妞取出來放在手心裡，她高興極了，連忙喊爹娘來看。

王有正和衛氏趕緊來看，也都震驚了。

他們兩個快要四十了，活了這麼大年紀，誰見過長珍珠的河蚌？

以前曾經聽說過有人在河蚌裡挖到珍珠，那都是非常非常稀有的，如今福妞手裡的這顆河蚌裡頭，密密麻麻至少長了十來顆珍珠。

雖說不是每一顆都那麼圓潤漂亮，但挑挑揀揀，也揀出幾顆非常好看的。

一家子趕緊把剩下的河蚌都檢查一遍，卻再也沒有見著有珍珠的，等福妞扒開最後一顆河蚌的時候，簡直詫異了。

「爹、娘，這珍珠……怎麼這麼大?!」

她手裡是一顆非常大的河蚌，一邊長著一顆珠子，珠子圓潤光滑，約莫有鵪鶉蛋那麼大，光澤與先前發現的不同，看起來真是漂亮得令人讚嘆。

衛氏把兩顆珠子都挖出來，放在手心裡，眼睛睜得老大。「這、這不是珍珠吧！」

三人都盯著那珠子，陽光下，兩顆珠子有些刺眼，實在是過於驚豔了。

王有正沈默了一陣，忽然說：「這麼大的珍珠，說不準就是個寶貝，咱們先放著，回頭打聽打聽。」

福妞高興得很，拉著她爹的袖子。「爹，那咱們再去撿點河蚌好不好？」

河裡就這玩意兒多，王有正站起來說：「妳莫要去了，剛下過雨，地上都是稀泥，爹爹去撿。」

等王有正到了河邊，有人便問：「怎麼你又來抓河蚌？」

王有正也不隱瞞。「我家福妞方才撿到的河蚌裡，竟然扒出十來顆珍珠，我再多撿點瞧瞧。」

啥？珍珠？一群人驚訝極了，紛紛開始撈河蚌。

沒多久，河蚌就被哄搶一空，王有正也沒撈到幾個，便回家去了。

然而這回任誰撈的河蚌也沒挖出珍珠，大家都氣得要死，但也只能怪自己沒本事。

珍珠是很稀奇的東西，但有人忍不住酸道：「也不一定就是品相好的珠子吧，一般的珠子不值錢，有啥用啊？」

「就是，王有正那閨女就算撈再多珍珠又如何，兩口人沒兒子，都斷子絕孫了。」

這些話，福妞一家不知道。

那珍珠真是可愛極了，福妞把玩了許久，越看越喜歡，她和她娘商議了一番，決定留下幾顆，其他的用來做簪子賣出去。

至於那兩顆大的珠子，還是打聽打聽再做決斷。

今兒晚餐吃的是衛氏做的手麵，雖然沒有肉，但裡頭加了三個荷包蛋。

說起來也有意思，衛氏上個月花了些銀子買了幾隻雞回來，那些雞買回來之前瘦巴巴的，下蛋也不頻繁，不知是衛氏養得好還是怎麼的，回來沒多久後就像瘋了似的下蛋，一天一顆也就算了，偶爾還一天下兩顆蛋，每個都是雙黃的。

衛氏心情好，也捨得，給全家一人煎一個荷包蛋吃，補補身子。

福妞吃完一大碗麵，幫著她娘收拾碗筷，她爹則是在院子裡劈柴。

一家子齊心協力收拾好，又坐在一起吃了會兒瓜子，這才準備回屋睡覺。

第十一章　竟是夜明珠

福妞回到自己屋子，打著呵欠正要睡覺，忽然驚叫了一聲。

王有正和衛氏才洗完腳要上床，聽到聲音，鞋子都沒穿立即衝了過去。

「閨女，怎麼了！」

福妞指指桌上的東西。「爹、娘，你們瞧！」

三人同時看過去，只見桌上放著的兩顆大圓珠子，如明月一般靜靜發出柔和的光，將原本漆黑的屋子照映得桌椅都清晰可見。

福妞和衛氏安靜地一句話都不敢說，生怕打破這動人心魄的美。

王有正忽然開口。「這是夜明珠。」

他聽過夜明珠的傳說，只當是神話，卻不知道這世上真有夜明珠。

一家子圍著夜明珠看了許久，夜深了才戀戀不捨地去睡覺。

第二日，王有正便去鎮上找人瞧了瞧那珠子，接連問了幾個人，得知價值約百兩，最終賣了一顆，另一顆留給福妞。

家裡忽然多了一百兩，三人都高興，衛氏做主宰了一隻雞做成紅燒雞，香噴噴的雞肉吃得人滿嘴流油，一家子都撐到打飽嗝。

兜裡有錢，走路都有風。王有正還特地為衛氏買了一盒胭脂，衛氏喜歡得很，一邊嗔怪他亂花銀子，一邊偷偷用手指沾了點勻在面上，瞧著如桃花花瓣一般，令人愛不釋手。

衛氏人美也會打扮，便把福妞也打扮了一番，因為天氣轉冷，家裡每人還做了新的厚衣服，福妞穿著嫩黃色繡花的厚裙子，髮上戴著絹花簪子，而衛氏平日不往村裡去，便也大膽地穿上漂亮的裙子，戴上髮簪，搽了胭脂，母女二人都漂亮得很。

王有正瞧著妻女，心裡無限滿足，從出生到現在，近來是他過得最快樂的日子了。一百兩銀子雖然不少，但若是想購置牛車，外加頓頓有肉，那還不夠。

更何況，王有正想著福妞再過幾年便要嫁人了，到時候必定要為福妞準備豐厚的嫁妝，足以保證福妞此生安穩。

辦嫁妝，也是得花上許多銀子的。

王有正沈思了幾天，便去找田明康商量。

如今田明康已經完全康復了，也恰好有去山上打獵的想法。

村子後頭的山很深，若是往最裡面走，打到好東西的機率更大，但回來就不方便了，因此獵戶們一向都是帶著乾糧，進去半個月才出來。

打獵危險，但這是獵戶必須經歷的。田明康想養家，王有正也想賺錢，兩人便去村裡問了問，看有沒有要同去的。最後，崔大山和陳老四也要跟著一起去。

王有正向衛氏提了上山的事，衛氏當即「啊」了一聲。王有正知道她在想什麼，大手握住她纖弱的肩膀。「妳別擔心，上回那是意外，此番我與他們一起上山，大家彼此照顧，不會出什麼問題的。若是我能再打到好貨色，咱們多攢些錢，往後福妞的嫁妝也就不愁了。」

衛氏嘆口氣，什麼也說不出，相公為了養家吃了不少苦，這些她都知道的。

「那我為你做些乾糧，上山帶著吧。」

衛氏和麵做了些紅糖餅和雞蛋青菜包子，還給王有正帶了個小鍋子。「你帶著，到時這些餅和包子熱熱便能吃了，如今天冷，山上更是寒涼，喝水儘量燒開了再喝，切勿喝生冷的。」

她細細囑咐，嫣紅的唇微微開合，王有正把她揉進懷裡。「月娘，妳心疼我，我怎會不知道？妳的話我都記在心裡了，妳只需要知道，我牽掛妳們娘兒倆，無論如何都會回來的。」

衛氏紅了眼眶，聲音悶悶的。「嗯，你一定要回來。」

臨走之前，王有正還在自家門口埋了機關，若是有人不敲門就進院子裡，那機關必定能傷人。

此外，他叮囑道：「妳們娘兒倆如果害怕，就去田家住上幾日。」

衛氏點頭。「知道了，你一定要注意安全。」

王有正剛要走，福妞追上去。「爹，這是我編的如意結，您戴著。」

她伸出纖細白嫩的小手，把如意結扣在她爹的衣襟上。王有正揉揉她腦袋，說：「閨女真乖，爹走了好好照顧妳娘。」

王有正帶著刀和乾糧與其他人一同上山去了，走了約莫兩個時辰，啥也沒遇到，一行人便停下來休息。

一拿出乾糧，大家就發現，王有正的乾糧與他們的截然不同。

別人都是乾窩窩頭，難以下嚥，王有正的卻是紅糖餅和雞蛋包子。王有正吃得津津有味，崔大山坐不住了，走過去說：「有正，咱倆換一下吃的，老是吃同樣的也容易膩。」

王有正抬眼看他說：「我不膩。」

崔大山一句話憋在嘴裡說不出口，最終只能悶頭吃自己的。

私底下，王有正給了田明康一個包子，因為田家對他們有恩，他是記得的。

一行人直到夜裡都沒打到什麼東西，天黑了路難走，只得找地方休息。

此時衛氏與福妞吃完飯漱洗好，正躺在床上打算睡覺了。

因為爹爹不在，福妞便和她娘睡在一個屋子裡。

衛氏說起她年輕時的事情，忽然一時興起問道：「福妞長大了想嫁個什麼樣的相公呢？」

福妞臉一紅。「我才十一歲。」

衛氏掩唇一笑。「那妳說說，妳喜歡什麼樣的？再過兩年，妳也可以訂親了。」

她不希望福妞嫁給不喜歡的人，就算訂親，那也得是福妞中意的。

福妞小臉通紅，最後，趴在她娘懷裡，聲音軟糯道：「福妞想……嫁一個願意和福妞一起日日陪伴爹娘的人。」

衛氏一愣，心中複雜了起來，試探性地問：「那福妞是想，讓人入贅？」

福妞點頭。「娘，福妞不想離開您和爹，若是福妞嫁出去了，您和爹爹怎麼辦呢？」

他們只有福妞一個孩子，若是福妞嫁人了，家裡真的會很冷清。

衛氏一片悵然，半晌，她把福妞當成小大人開始說理。「福妞，入贅不是小事，但凡人品相貌還不錯的男子都不會同意入贅，願意入贅的人多少都有些問題，娘不願意妳委屈下嫁給一個不好的人。」

可福妞堅持道：「那福妞便不嫁人。」

這讓衛氏心中震撼。

她與福妞說了會兒話，倒是思索了大半夜沒有睡著。

她何嘗不希望女兒留在身邊呢？

但願意入贅尋常人家的男子，不是自身有問題，便是父母雙亡或家中一貧如洗的。衛氏嘆氣，心想若是自家家底豐厚，也不怕什麼，但如今看來，他們只存了那麼一點銀子，又能做什麼呢！

這事還真不好說。

衛氏最終覺得自己也是杞人憂天，孩子的事情，過幾年再說也不遲，如今福妞還小，等年紀大了些，自然不會說這些幼稚的話了。

她沈沈睡去，沒有聽到門口的動靜。

大半夜的，門口的人是王有財，他趁著秦氏睡得沈，悄悄溜了出來。

前陣子的某一天，王有財路過此處，無意間瞧見了正在曬被子的衛氏。衛氏努力墊腳把被子搭在繩上，她的頭髮滑順黑亮，皮膚白淨溫潤，身上穿的衣衫也漂亮，一轉頭，那模樣一下子打動了王有財。

他自年輕就喜歡衛氏，後來沒娶到，是他一輩子的遺憾。

衛氏一轉頭，又成了王有財魂牽夢縈的樣子。

他連著幾日失魂落魄，越看秦氏越是厭惡，總想跟衛氏說說話，親近一番。

今兒睡前，王有財偷喝了些酒，想到旁人說王有正今日跟人上山打獵去了，得好一陣子才能回來，王有財不禁蠢蠢欲動。

不知不覺，他就來到了衛氏的家門口。

王有財心跳如鼓，悄悄往裡面走，想著等會兒將門撬開，進去就要把衛氏壓在身下疼愛一番。

他多年來積壓的慾望快要壓抑不住，沒注意看路，一不小心就踩到了一個捕獸夾上。

王有正做了多年的獵戶，是製造暗器的好手，那捕獸夾不經人提醒，很難發現，更何況這會兒可是黑漆漆的半夜。

被捕獸夾夾到腳，王有財疼得撕心裂肺，坐在地上抱著腳、咬著牙，才不讓自己發出聲音。
疼，實在是太疼了啊！
他哪裡還有力氣進去撬鎖。
末了，王有財艱難地跳著回家去了。秦氏醒來見人不在，正準備吆喝，王有財就回來了。
「我瞧見一隻黃鼠狼，趕緊出去追，誰知道踩到了個捕獸夾，疼死我了，妳快想辦法幫我拆掉。」
見王有財疼得聲音都顫抖了，秦氏不疑有他，趕緊幫他拆掉捕獸夾。
兩人正弄著，忽然外頭雞圈一陣撲騰聲響，秦氏立即出去看，雞圈裡只剩一地雞毛了。
再往遠處一瞧，月光下，好幾隻黃鼠狼叼著秦氏養的雞在狂奔。
秦氏心裡一涼，想要追，可她哪裡追得上黃鼠狼呢？
六隻雞，盡數被叼走，秦氏坐在地上哭了起來。
等她哭完回屋，王有財嘟囔。「反正這些雞也好長時間不下蛋了，留著何用？」
秦氏恨恨地說：「一隻雞能賣好多錢，你說有何用。」
想到家裡的銀子原本不少，可近來不知道為何，總是變少。她把牛蛋和王翠翠打了一頓，才知道是牛蛋偷偷拿去鎮上買蛐蛐兒。

秦氏氣得要死，卻也不敢用太大力氣，怕把牛蛋打壞了，便不能讀書了。

王有財如今腳傷，活兒也不能幹了，家裡的雞圈被黃鼠狼搬空了，秦氏一夜未眠，只覺得這個年恐怕不好過了。

往後只能從飲食上節省了，第二日，秦氏便把粥弄得稀了點，窩窩頭裡摻了許多高粱麵。

但也有讓秦氏高興的事，那便是這一日忽然來了個媒婆，說是隔壁村穆老三一家瞧上了王家的姑娘，想跟他們結親，兩孩子先訂下來，彩禮什麼的都好說。

秦氏眼睛一亮。穆老三家底殷實，是這附近不錯的人家，尤其穆老三的兒子穆坤，讀過書，雖然還沒中秀才，但今年十二歲，在準備參加童試了。

她喜孜孜地說：「真的？看上我們家翠翠了？那您看著張羅。」

若真的能成，穆坤還能幫忙帶帶牛蛋呢。秦氏想到將來自己女婿和兒子都中了舉人，心裡歡喜得簡直在冒泡。

可惜，等了好幾天也不見消息，她想到自己塞給媒婆的幾顆蛋，心裡不舒服，趕緊去問。

可誰知道，媒婆躲躲閃閃的，半晌才說了實話。「那日，是我弄錯了，人家看上的是王家二房的姑娘，福妞。」

秦氏咬牙切齒。「妳胡說！福妞就是個掃把星！穆家怎麼會看上她？」

媒婆也有些不高興了。「人家穆坤偶然在路上瞧見了福妞，覺得福妞生得美、性子又溫柔。妳家翠翠長啥樣，妳心裡不清楚嗎？妳也配當穆坤的丈母娘？」

秦氏氣得要去打媒婆，可媒婆身材壯碩，幾下就把秦氏推倒了。

這事後來成了笑話，大家都知道王翠翠是送上門人家都不要的姑娘，其他家的男子聽說了，礙於面子也不想去向王翠翠求親了，更何況她的條件也的確不好。

至於穆坤對福妞的意思，媒婆轉達後，衛氏便婉拒了。

「我們家福妞還小，不急。」

她不是不想給福妞相看人家，只是穆坤的娘為人十分潑悍，她不希望福妞將來嫁到這樣的人家受苦。

穆家人知道了，背地裡少不得罵衛氏沒眼光，但附近其他人家的姑娘卻都鬆了一口氣，因為想嫁穆坤的人實在很多。

這事讓秦氏與王翠翠成了村裡的笑話，尤其是王翠翠，一想起來就恨不得掐死福妞。她心裡計劃著，總有一日要福妞付出代價。

自從那一日發現捕獸夾不見了，衛氏心裡便咯噔一聲，連忙收拾了貴重的東西，帶著福妞去田家與余氏母子作伴。

田大路高興得很，圍著福妞姊姊長、姊姊短地喊。

四個人都期待去打獵的王有正和田明康能早些回來。

此時雖然才十月，但山上卻冷得厲害。衛氏細心地給王有正準備了棉襖，其他人卻穿得有些單薄，凍得瑟瑟發抖。

他們上山三天了，連一隻野雞都沒打到，倒是乾糧越吃越少，因此有些心煩意亂。

但王有正沒有這些擔心，他的乾糧分量充足、衣裳暖和，因此很能沈得住氣。

崔大山越看，心裡越不是滋味。

第三日傍晚，王有正抓到了一隻野雞，他手裡那把刀實在夠快，一刀砍倒一棵樹，活生生壓住了那隻雞。

王有正把野雞捆好塞到自己的背簍裡，崔大山看得心中如被火燒。

他想要那把刀，發了瘋似地想要！

若是能在這山上把王有正解決掉，那刀便是他的了。

崔大山想了會兒，想到了個法子，他把其他三人叫到一起說：「咱們這樣也不是辦法，不如白日分頭去找，兩兩作伴，到了晚上再碰頭。」

這的確是個好法子。

崔大山提出和王有正一起，王有正想了想，大家都是同村的，便同意了。

隔天一早大家分頭出發，崔大山和王有正走了沒一會兒，崔大山忽然掉進了一處山洞，山洞是向下陷的，看起來危險得很，人摔下去不知道會滾到哪裡去。

王有正立即一把拉住了他。「大山，快上來！」

崔大山眸光一閃，藉著他的手往上爬，卻在快要爬上去的時候「失手」把王有正推了下去。他著急地伸手去握那把刀，想把刀奪走，可王有正力氣極大，緊緊地握著刀，整個人便連背簍和刀一起掉進了山洞。

崔大山氣急，但還是對著裡頭喊：「有正！有正！你怎麼了？」

沒有人回應，崔大山痛快一笑。「誰叫你處處都比我厲害，那麼好的鹿，那麼好的珍珠，怎麼就都到了你的手裡呢？王有正啊王有正，我崔大山才是碧河村最厲害的獵戶，你啊，乖乖去見閻王吧。」

他抄另一條小道，想下去看看王有正死了沒，順便把刀拿走。

可崔大山下去之後卻沒見著人，尋了半晌，也只能放棄了。

等到天黑，崔大山和田明康及陳老四碰頭了，他故作焦急地說：「有正摔下山洞了，八成是遇險了，我找了許久都找不到。」

田明康一驚。「怎麼會！他從哪裡掉下去的？咱們再去找，走，點上火把。」

他話音剛落，只聽到深山傳來狼嚎，幾人都是一抖。陳老四和王有正不熟，自然沒多少關心，趕緊說：「只怕是被狼吃了，咱們得趕緊下山。」

崔大山點頭同意道：「走，咱們總不能都在這裡送命呀！」

見他倆都不願意去找，田明康仍堅持道：「那我自己找，你們回去便是了。」說完，田明康轉頭點了火把就去找王有正。

崔大山冷笑，啐道：「兩個短命鬼。」

他和陳老四連夜下山，可才走了小半個時辰，就見前面出現一頭狼，綠油油的眼睛看得人渾身一涼。

陳老四瞬間尿褲子了。「崔、崔大哥，這、這怎麼辦啊！」

第十二章　因禍得福

那頭狼實在可怕，沒等陳老四和崔大山反應過來，便直接撲了上去，一口咬斷崔大山的腿。

崔大山拼死往狼身上砍，那狼咬斷他一條腿，卻也被崔大山砍得倉皇逃竄。陳老四早已嚇得癱倒在地，褲子尿得濕透，等狼一走，崔大山疼得幾乎快暈過去，氣若游絲。

「陳老四……救我啊！」

最終，陳老四扛著暈了過去的崔大山艱難地下了山，其間好幾次想放棄，但又想到萬一再有狼出現，他把崔大山扔出來還能擋一陣子，便咬牙一直揹到下山。

而田明康折返之後，一直聲嘶力竭地喊著王有正的名字，喊了將近一個時辰，原本以為王有正定然是出了意外，都打算放棄了，卻忽然聽到前方有野豬的嘶吼聲。

他心中有些怕，但還是疾步往前走去，很快就發現一頭野豬倒在地上，而王有正騎在野豬身上，用力一刀刺了下去。

鮮血飛濺，王有正滿頭滿臉的血。

田明康立刻過去幫忙，兩人費了好大的勁才把野豬徹底制服，瞧著這麼一頭肥大的野豬，田明康喜得不知道說什麼好。

「有正！我找你好久，還以為你死了。你怎麼抓了這麼大一頭野豬？」王有正喘了幾口氣。「我為了救崔大山，掉進山洞裡了，爬出去之後迷了路，誰知道遇見這頭野豬，想著不是牠死就是我亡，便跟牠拚了命。明康，崔大山他們呢？」田明康義憤填膺地說：「他們走了，原本也不讓我來，我想著不見著你人，我如何能走？咱們一道來的，便要一道回去。」

他舉著火把一路找來，沒有路便從荊棘上跨過來，臉上都被刮傷了。王有正真心感激，大手拍拍他肩膀。「明康，好兄弟！」

兩人把野豬捆了起來，想著這野豬這麼沈，光是要運下山都夠困難的，就莫要再打其他東西了，於是鋪了個草窩，打算就地睡一會兒，天亮再下山。

因為太過疲憊，王有正睡得很沈，倒是田明康不敢睡熟，時不時醒來看看情況。

天一亮，兩人趕緊砍樹做成擔子，挑著那頭野豬，一路往山下走。

今兒天氣好，陽光從早便十分充足。王有正和田明康扛著野豬往山下走，奇怪的是，一路上竟然又抓到了五隻兔子、四隻野雞。

而且這些兔子和野雞並不是跑得飛快得費好大勁才能追上的，而是要不被草絆住腳走不動，要不一頭撞進王有正懷裡等令人匪夷所思的狀況，他倆想不抓都不行。

王有正和田明康把兔子和野雞裝起來，兩人的背簍都是沈甸甸的。

一路上，兩人高興極了。

「有正，說實話，我打獵這麼多年了，頭一次收穫這麼多。」

王有正也是喜氣滿面。「我又何嘗不是，咱們今年可以過個大好年了。」

今年跟大房分開，王有正帶著妻女開始了新生活，現在又打到野豬，當真覺得日子越來越好。

田明康看了看走在前頭的王有正，滿頭大汗，但渾身都是勁，不由得想到了什麼，說道：「說起來，你們自從跟你大哥一家分開之後，似乎日子越來越好了。哈哈，你閨女名叫福妞，可真是為你家帶來福氣。」

王有正想到福妞那可愛的小臉，也點頭道：「福妞的確乖巧，若非她在，我與她娘也是活不下去了，福妞確實是我們家的小福星。」

他說著說著，想起臨走時福妞塞給自己的如意結，便順手掏出來看看，沒想到如意結一拿出來就碎了，紛紛揚揚成了灰，消失在空氣中。

王有正一震，隱約覺得是福妞的如意結保佑了自己，若非這個東西，只怕他早已死在野豬的獠牙下。

兩人邊走邊聊，等將野豬運到山下，早已累得渾身像散掉了似的。

衛氏體貼得很，她怕王有正忽然回來，這幾日一直在爐子上熱著水，還做了些餃子，王有正一進門，就可以立即煮給他吃。

原以為王有正還要打上好幾日，沒想到這就回來了，見男人臉上的血跡都沒洗乾淨，衛氏心疼得立即上前問道：「相公，你可是受傷了？」

福妞也急了。「爹！爹！您怎麼了？」

王有正立即安撫她倆。「我沒事，就是累了點，先坐一會兒。」

衛氏趕緊道：「那你坐著，我去煮飯。」

她忙去煮餃子，福妞則是拿了熱毛巾，端了兩碗熱茶水過來。「爹、田伯伯，你們喝點熱的暖暖身子。」

茶水裡加了紅糖，喝下去渾身都有了力氣，兩個大男人一口氣把一整碗喝光了，再吃下兩大碗餃子，這才緩了過來。

吃飽後，王有正和田明康開始分打回來的獵物，衛氏和福妞瞧著這麼大一頭野豬也都嚇了一跳，但想到有野豬肉可以吃，還可以賣錢，都喜不自勝。

福妞一個勁兒地誇讚。「爹，您真厲害！」

王有正心有餘悸，摸摸福妞的腦袋道：「是妳的如意結保佑了爹。」

依照王有正的意思，打回來的東西應該對半分，一半給田明康，畢竟靠他自己一個人，絕對沒辦法把這麼多獵物扛下山的。

可田明康不願意，他認為這些東西幾乎都是王有正打到的，他頂多要兩隻野雞，再多便是占便宜了。

兩人推拒半天，最終決定，給田明康四分之一頭野豬，兔子和野雞則是對半分。

說的也是，那野豬的確是王有正拿命換來的。

雖說分給田家不少東西，可剩下的也足以讓福妞一家賺一大筆了。

野豬分好之後，衛氏留下一大塊豬肉自己家吃，剩下的讓王有正拖去鎮上酒樓賣。

因為是野豬，外加那幾隻野兔子、野雞，都是鮮少見到的肥大野物，酒樓一口氣出了一百兩。

王有正拿著銀子，想到之前賣夜明珠得到的銀錢，加在一起，差不多有兩百兩了。

等到來年，春雪消融，他便打一輛牛車，到時候福妞和衛氏來鎮上就方便了。

盤算完這些，王有正在鎮上又逗留了些時間，為妻女都買了東西。

等他回到家，福妞和她娘正在廚房忙碌著。豬大骨熬的湯，濃郁鮮香，外加蘿蔔燒豬肉，聞著味都讓人垂涎欲滴，衛氏還用細麵做了大白饅頭，香軟可口，一家子坐下來，吃得肚皮都圓了。

福妞撒嬌道：「爹、娘，福妞想一直過這樣的日子，跟爹娘在一起，沒有其他人，高高興興的。」

衛氏笑咪咪的。「福妞早晚要嫁人，可莫要說這樣的傻話，等福妞嫁了人，有了相公，會比同爹娘一起還要好。」

福妞臉上微微一紅，跟她爹告狀。「爹，您瞧娘，總想讓福妞走呢。」

衛氏笑了。「娘說錯了嗎？」

其實，衛氏心裡也不願意接受，但想到福妞遲早要嫁人，只能逼著自己早些準備好。

王有正倒是笑了。「此事往後再說吧，福妞是爹爹的心肝寶貝，哪個臭小子敢肖想？福妞啊，妳就安心待在爹娘身邊，爹爹在一日，便保護妳一日，看誰敢欺負妳。」

福妞笑問：「爹，那福妞一輩子不嫁人，成嗎？」

王有正點頭。「有何不可？妳一輩子不嫁人，爹爹就打獵一輩子，養妳。」

這讓福妞特別高興，趕緊給她爹倒酒。

衛氏嘆氣，搖搖頭。

他們一家高高興興的時候，田家也喜氣洋洋的，田明康分了不少獵物，留下一些，其餘的也拿去賣了，得了一筆銀子，一家子私下都對王有正感激得很。

只是，眼下崔家卻是一場糊塗。

崔大山回去之後，腿是不能要了，只能艱難地保住命，之後不但沒法子成為家裡的支柱，只怕還是個拖累。

等兒子要說親的時候，人家肯定會顧忌崔大山的腿，因此不願意把閨女嫁給他兒子；閨女要說親的時候，也會有同樣的情況，這讓崔家一家子的心情都陷入谷底。

崔大山媳婦接連追問為何會如此，最終崔大山才說了實話。「我想，王有正憑什麼有這麼好的運氣，定然是那把刀帶來的，那頭鹿、那顆夜明珠，若是我有了刀，必定是我的。」

他媳婦恨鐵不成鋼地看著他道：「你這不是傻嗎？我都同你說了，你就悄悄跟在他後頭，奪了他的東西便可，你想要他的命，這不是自找的嗎！」

崔大山急了。「當時姓王的的確掉進山洞裡了，我以為他必死無疑，誰知道他不僅沒死，還打到了野豬！而我呢，我這輩子是完了、完了。」

說著，他又痛哭起來。

可哭得再大聲，腿也沒法子好起來了。

崔大山媳婦想想往後的日子，也跟著哭了起來。

他倆的閨女崔惜躲在牆角下，眸子裡都是恨意。

她從小就討厭王福福，大家都是鄉下姑娘，憑什麼王福福吃得不好、住得不好，卻生得那般漂亮？眼睛比她大，臉蛋比她白，睫毛都比她長。

崔惜處處表現，總算讓村裡人知道她能幹又聰慧，比那個空有漂亮外表的白軟王福福中用，若是娶媳婦，定然是她崔惜更容易被人看上。

可如今，她爹因為王福福的爹腿被狼咬斷了，她往後還如何與王福福比啊？

崔惜咬了咬唇，抓緊了手裡的帕子。

第十三章　撿到個少年

王有正下山之後，沒過多久天氣就冷了起來。

十一月初便開始下雪，起先是小雪，後來慢慢成了大雪，冷的人都不敢露頭。

由於家裡情況還不錯，衛氏便為一家三口做了新棉衣，她手藝巧，做得暖和而不臃腫，外型又好看得很，福妞穿上開心得直轉圈。

過冬是件大事，村裡哪一年冬天不死幾個人呢？不是餓死便是凍死，但各家各戶顧得了自己都很難了，哪還管得了旁人的死活？

王有正提前砍了柴劈好，疊得整整齊齊，搭了個草棚放著，米麵也都準備得充足，一家三口關上院子圍欄的門，躲在家裡安安穩穩地過冬。

他們的屋子原本是青磚加泥巴糊的牆，冬日來臨之前，王有正又勤快地用泥巴加稻草糊了一層，因此住起來十分暖和，再擺一只火爐在家裡，門簾一放，便一點兒也不冷了。

衛氏點了燈，坐在燈下縫衣裳，王有正坐在小板凳上做木工活兒，他打算為福妞做一個小的首飾盒子。

福妞則是拿著一支簪子，在心裡琢磨著如何做得更漂亮。

一家子溫馨寧靜，冬日竟也絲毫不覺得難熬。

只是，這會兒難熬的人家可不少，外頭大雪越來越厚，時不時就壓折了樹枝，不少人又冷又餓的躺在床上，尤其是王家大房的人。

前幾日不知道怎的，他們家竟然遭了小偷，一家子睡得沈，秦氏藏在床底的銀袋子都被偷了，那是他們家最後的銀子啊！盡數被偷，還如何過活？

莫說年後牛蛋的學費，就是今年過年，只怕都吃不起肉了。

秦氏急得在家裡亂罵。「這殺千刀的狗賊！若是被我抓到，必定要殺了他全家！」

王有財鬱悶地說：「大雪把路都埋住了，妳能知道是誰偷的？也只能認栽了。」

牛蛋捂著肚子說：「娘，好餓，今兒只吃了一個窩窩頭，牛蛋餓得沒力氣讀書了。」

王翠翠也餓，可憐兮兮地看著秦氏，道：「娘，聽聞二叔從山上獵回來一頭野豬，還有些兔子和野雞，從前他每次打了東西都會送到這裡來，如今是不送了嗎？」

提到王有正，秦氏就眉心直跳，她花了重金詛咒老二一家子，怎麼一點動靜都沒有？

想了半晌，秦氏看向王有財。「你這個窩囊廢！老二一家子吃香喝辣，我們連窩窩頭都吃不起，你就不會想想辦法?!」
王有財聲音鬱悶。「那我能怎麼辦？老二與咱們都斷絕關係了，難不成我去找他要東西嗎？」
「那你就看著我們幾個餓死？王有財，我怎麼就跟了你這樣的窩囊廢啊！」
秦氏哭著叫罵了幾聲，提起包袱就回了娘家。
她這一回去，王翠翠和牛蛋都急得哭了起來，等到晚上，無人做飯，三人大眼瞪小眼，兩個孩子餓得又哭起來，最終只能王翠翠去做。
王翠翠不太會做飯，她一不小心便把一壺油都灑到了麵缸裡，手忙腳亂地去收拾，結果把麵缸也打翻了，盡數掉進了水缸裡。
這下子怎麼辦？王有財實在沒有辦法，只好硬著頭皮帶孩子去找老二。
王翠翠暗自高興，這下子可以吃到肉了。據說二叔家有好多好多肉呢。
到了福妞家門口，由於王有財上次被捕獸夾夾到了腳，這回小心多了，也不敢進去，就在門口喊：「二弟，幫幫忙，你的姪兒、姪女都要餓死了。你大嫂回娘家去了，我實在不會煮飯，可否讓弟妹做一頓讓孩子們吃？」
衛氏和王有正在屋子裡聽到，都不想出來，福妞好奇地問：「爹、娘，咱們不是都斷絕關係了嗎？」

王有財在外頭喊了好一會兒，聲音都要啞了，也有些惱怒了。「二弟，我好歹是你大哥，你難道見死不救嗎？娘在底下知道了也會寒心的。」

這讓王有正臉色一冷，他走出來，拿著一把鐵鍬，鏟起一堆雪，直接朝他們三人扔了過去。

「滾！」

王有正身材高大，王有財矮小一些，一下子嚇得什麼也不敢說了。王翠翠和牛蛋又冷又餓，嘴唇哆嗦，牛蛋惡狠狠地看著王有正道：「奶奶死之前說過，二叔你天生絕戶，往後家裡所有東西都是我的。我餓了，快給我弄吃的！」

他小小的人，竟然說得出這樣的話，王有正都氣笑了。「需要我再告訴你一遍嗎？咱們死活都沒有任何關係了，你們餓死是你們的事，我東西吃不完那也是我的事情，若是再多說一句，別怪我不客氣！」

他剛說完，衛氏和福妞也掀開簾子走了出來，兩人都穿著簇新的棉衣，臉頰上微微有些肉，好像吃胖了些。

瞧著福妞身上的棉衣和頭上戴的簪子，王翠翠瞬間嫉妒了起來。她恨不得把福妞的衣裳脫下來穿在自己身上。

見二叔這般絕情，王翠翠大聲說：「二叔，福妞是個丫頭片子，將來能為你送終的只有牛蛋，二叔難道不怕牛蛋不管你？牛蛋餓了，二叔有東西吃，為何不拿出來給我們呢？」

她話音一落，王有正沒命地鏟起雪往他們身上潑，三人被雪砸得哇哇亂叫，趕緊走了。

最終，門口安靜。

末了，王有財只能帶孩子去丈母娘家把秦氏請了回來，一家子沒撈到二房任何好處。

十二月中旬，眼看快過年了，天氣也晴了幾日。

深山積雪，晴日的時候顯得光芒萬丈，風景非常好。

關了那麼多日，福妞也想出去走走，衛氏和王有正不放心，還好田大路來找福妞玩，說是就在福妞家不遠的地方繞繞，看看有沒有凍死的麻雀，可以抓回來烤著吃。

田大路信誓旦旦地說：「我會保護好福妞妹妹的。」

福妞也躍躍欲試，衛氏只得笑道：「那行，你們兩個可不能走遠了，只許玩一炷香時間就得趕緊回來。」

她話音才落，福妞和田大路便帶著小籃子出門了，兩人往前走了沒一會兒，就聽到一群小孩嘰嘰喳喳地在說話。

「前面那條小溪被日頭一曬，雪都化了，裡頭有不少魚，走，咱們去抓魚。」

見那群小孩都朝小溪跑，福妞和田大路對望一眼，也想去。

兩人想著，去去就回，也不算什麼，可卻不知道，前頭有事等著他們呢。

那群孩子為首的便是崔惜，崔惜出來晃了好幾日，實在是家裡整日哭聲不斷，她受不住，便出來瞎逛，今日瞧見福妞也出來了，便計上心頭。

她爹的傷可都是福妞的爹造成的，這仇不報不行。

前頭那群小孩走遠了，福妞和田大路跟了上去，地上的雪還沒有化，原本福妞走路很小心，卻不知怎麼的忽然就踩空了，直接順著雪往斜坡下面滑了下去。

她哎呀一聲，田大路趕緊從旁邊小路繞過去救她，卻見前頭去抓魚的孩子們都回來了。

「田大路，你怎麼在這兒？」

「福妞姊姊掉下去了，你們幫我去救她好不好？」田大路急到不行。

村裡的孩子們大多都喜歡福妞，大夥兒便互相照應著往斜坡下方走去，崔惜想看看福妞摔傷了沒有，便也跟著去了。

福妞滾了下去，她覺得腿疼、胳膊也疼，好不容易爬起來，才發現自己摔到一處凹坑裡，身下都是雪。

「這是哪裡？」福妞站起來想找出路，卻瞧見一處山洞口。她不敢進去，轉身便要走，卻聽到裡面傳來一陣咳嗽聲，聽聲音，那人似乎很難受，連著咳了好一會兒都沒停下來，好像下一秒就會昏死過去。

福妞猶豫了一下，她雖心裡害怕，但想到自己爹爹每回上山都或多或少會遇到危險，她也希望爹爹在那兒能有人幫助，設身處地這麼一想，福妞便大著膽子往裡走。

「有人嗎？你怎麼了？」

山洞裡坐著個清瘦少年，約莫十歲出頭的樣子，偏瘦，面容蒼白，身上的衣服顯得十分寬大。他用衣袖擋著臉，咳得心肺都要炸裂開了。

齊昭一邊咳嗽，一邊聽著洞口的腳步聲和小姑娘稚嫩的喊聲，心臟一下一下跳得更快，就咳得更厲害。

他抓緊衣袖，從未如此緊張過。

上輩子，他遭人設計染了咳疾，被悄悄送出宮找神醫治病，半路便被人扔到了這個山洞裡。

這兒很隱蔽，通常沒有人會來，齊昭原以為自己會死，卻沒想到一個小姑娘救了他。

小姑娘家窮，奶奶偏心得厲害，卻時常從不多的食物裡分出一些給他，就這樣，竟也慢慢治好了他的病，甚至，小姑娘的爹娘還收他為義子，小姑娘則成為他的義姊。

只是，他一次都沒有喊過她姊姊。

十六歲那年，他回京了，帶著不多的勝算，扳倒了從前殘害他的人，浴火重生，成了東宮之主。

待他帶著大隊人馬來接義父、義母以及他的福妞之時，卻發現義父、義母已經染病去世，福妞由奶奶做主嫁給了個地主的兒子，那家人不仁不義，由著福妞被小妾按入水井中淹死，死之後也沒把屍體撈上來。

齊昭想到這些，就覺得骨子裡都是恨意。

上輩子他一生未娶，孤獨終老，過繼了旁人的兒子當作後代，日日受萬人朝拜，卻帶著巨大的遺憾撒手人寰。

若有來生，他必定要護福妞周全，不讓她吃一點苦。

咳嗽聲越發厲害，福妞悄悄走到山洞口，往裡探頭。「你怎麼了？」

齊昭抬頭望去，小姑娘臉蛋圓潤，大眼睛水靈靈的，宛如一頭可愛的小鹿。她站在那裡，憂心忡忡地看著齊昭。

是他的福妞，沒錯了。

他終於，又找到了福妞。
齊昭一口氣沒有上來，昏了過去。

第十四章　不許喊我弟弟

見那清瘦少年倒了下去，福妞嚇了一跳。

她趕緊上前扶住他。「你怎麼了？」

那人沒有回應，福妞卻觸到他涼得如冰塊一般的手，此時福妞顧不得其他了，握住他的手一個勁兒地搓，總算將人稍微搓熱了些。她想起爹娘說過人昏倒時掐人中便可醒來，便伸手去掐人中，她力氣小，也不敢太大力，怎樣也無法把人弄醒。

此時外頭傳來聲響，田大路帶著一群人喊道：「福妞！福妞妳在哪兒？」

福妞趕緊衝出去。「你們快來呀！這兒有個人。」

一群小孩進去，崔惜也跟著進去，只見山洞裡一個清瘦少年靠在石頭上奄奄一息。

他實在是太瘦了，面頰凹陷，瞧著都是病氣。

崔惜厭惡地遮住口鼻。「這人是快死了吧。」

福妞著急道：「咱們不如把他抬回去看看能不能救回來，他在這裡只有死路一條。」

可大夥兒面面相覷。

「帶回去不要銀子嗎？不吃東西嗎？誰有銀子給他治病呢？」

「就是說，我們家可沒有多餘的口糧，我不敢帶去我家。」

「福妞，咱們還是不要多管閒事了。」田大路上前勸道。

可福妞卻覺得這人可憐得很，堅持要帶回去。

崔惜冷笑道：「那妳便把他帶回去，妳總是這般單純善良，誰不誇妳呢。」

她語氣酸溜溜的，福妞也顧不得了，和田大路一起把這人救了回去。

其他孩子原以為福妞爹娘會責怪她帶了個拖油瓶回來，可沒想到衛氏只是怔了下，便沖了一大碗紅糖水給這人喝了下去，而後又拿出厚厚一床棉被為他蓋上，過了好一會兒，少年身上總算有了溫度。

其他孩子見福妞家什麼事也沒發生，便都回去了。崔惜心中更鬱悶，原來這一家子都如此虛偽。

這會兒當著旁人的面扮好人，可她篤定，等大家一走，福妞家必定還是要把少年扔出去的。

可她想偏了。

畢竟藥費、口糧都是貴重的東西，誰會願意花在陌生人身上呢？

福妞說：「娘，這人實在太可憐，我便救回來了，往後福妞少吃一些，咱們留他下來好不好？他在外頭肯定要凍死的。」

她可憐兮兮的，衛氏笑著摸摸她頭。「家裡不缺那點吃的。」

衛氏瞧了瞧床上的少年，皮膚白淨、鼻梁高挺，嘴唇白得沒有血色，身上的衣裳摸著像是好料子，只是到底有多好，衛氏也看不出來。

她不知道這人是誰，但心裡有了打算，若這孩子當真沒人管，收留一陣子也未嘗不可。

齊昭是晚飯後醒來的，他作了個溫暖的夢，夢到福妞握著他的手不停幫他暖著，可醒來後卻發現自己身在一個陌生的房間裡。

這屋子與上輩子福妞住的地方完全不同，看起來乾淨舒適，身上的被子又厚又暖和，上輩子福妞一家的東西幾乎都被奶奶搜刮走了，哪裡會有這種好東西。

齊昭一驚，難道救自己的不是福妞？

他趕緊掀開被子要下床，卻見外頭走進了個少女，她穿著梅花小短襖，圓圓臉兒白如玉，瞧他醒了便笑道：「呀！你醒了？還難受嗎？我娘做了蛋羹，你要不要吃一點？我去拿。」

她放下水盆正要走，齊昭一把抓住她胳膊，咳嗽了幾聲，虛弱地說：「福妞。」

福妞一愣。「你怎麼知道我名字？」

「方才聽見妳娘喊妳。」齊昭聲音平穩簡單地帶過。

他心裡諸多疑問，卻不適合此時說出來。

衛氏聽到聲音進來，關切地問他為何一個人在荒野裡。

齊昭眸子閃了閃。「因家道中落，父母雙亡，晚輩本要投靠遠房親戚，卻撲了個空，途經此處體力不支染了咳疾，幸得令嬡相助，晚輩感激不盡。」

他一言一行甚為規矩，也毫無漏洞。

衛氏同情地說：「你既然身子虛弱，也無處可去，便留在此處先歇息歇息，等來年春暖花開再作打算吧。」

王有正也進來說：「我們是普通農戶，不是什麼壞人，你且放心住下。」

齊昭聞言掐住手心。上輩子以及這輩子，他不知道被多少人陷害過，僅有的溫暖都是從義父、義母和福妞這裡得來的。

如今再相見，心底湧動的思緒如潮水一般，卻又怕嚇著他們，只能先嚥下去。

王府裡多少人在盯著他，他只能先在此處調養身體，等養好了再殺回京城。

這一次，無論如何他都必須把福妞一家帶回去。

衛氏問了齊昭的姓名和生辰，齊昭想到上輩子自己如實說了生辰，便成了福妞的弟弟，便趕緊道：「我叫齊小五，是奎未年生人，生日是二月二十九。」

他故意把自己的生日提前了一年，這樣就比福妞大了。

可衛氏笑盈盈地說：「小五，你真是二月二十九出生的？」

齊昭點頭。「當真。」

衛氏笑道：「那你就不可能是奎未年生的，奎未年二月只有二十八日，你應當是記錯了喔！你和福妞是同一年，福妞二月初一生的，你得喊她姊姊。」

齊昭面色一僵，他急著改了年分，卻沒有想到自己生辰日的特殊，最終還是成了福妞的弟弟。

自從這日開始，福妞待他極好，一句一個「弟弟」，齊昭面色難堪，趁著無人時低聲說：「不許妳再喊我弟弟。」

福妞正在給他剝炒好的蠶豆吃，據說這東西能止咳。她有些訝異道：「為什麼不能喊？你比我小二十多日，個兒也比我矮，我喊你弟弟再正常不過了。」

齊昭眉頭一皺。「我將來會比妳高。」

福妞笑咪咪的。「可是，你還是我弟弟，因為你比我小，齊小五，你得喊我姊姊。」

齊昭面色脹紅，半晌說不出反駁的話。他明明是個活了兩輩子的人，但面對福妞時卻思維混沌得厲害。

福妞見他神色不對，伸手摸摸他額頭，一驚。「呀！你發燒了！」

齊昭身子極差，因為自小被王府中的人蓄意殘害，這幾年不是發燒便是咳嗽，幾乎未曾消停過。

福妞嚇壞了，以為是自己喊他弟弟把他氣著了，趕緊去喊了爹娘。

第十五章 寫春聯

齊昭燒了一場，昏迷了三日。

王有正和衛氏嚇得一籌莫展，喊了大夫過來，大夫是原本就認識的，奇怪地看著他們。「你們從哪兒弄來的孩子？身子虛弱至極，就怕是有金山銀山，也不一定能養好呢，你們這不是自尋煩惱嗎？我也不誆你們了，他這狀況，再好的藥材吃下去也是浪費，姑且就用尋常的藥治著，能不能活下去就看他的造化了。」

福妞聞言心裡一驚，看著床上緊閉雙眼、一聲不吭的齊昭，想起自己那回落水加發燒的事情。

她記得自己的魂飄了，是四個姊姊送她回來的，真希望齊小五不要像自己那般凶險呀！

大夫一走，衛氏為難了。「相公，這可如何是好？這孩子借住在咱家，咱們卻幫不了他，若是出了意外……」

王有正大手握住她手。「不要怕，我們盡力便可。」

此後，衛氏每日都煎藥讓齊昭服下，王有正還冒著雪去買了新鮮的豬肉，衛氏剁成肉末和麵條一起煮爛，由福妞仔細地一勺一勺餵給齊昭吃。

原本衛氏不願意讓福妞動手，可福妞很喜歡做這些事情，她擔心這個弟弟會熬不過去，便積極幫忙照顧齊昭。

齊昭從昏迷到微微醒來，再到能艱難地吞嚥食物，七、八日之後便可以稍微坐起身了。

他原本以為自己這回熬不過去了，沒想到還是硬生生地挺過來了。

從前在王府，每回一病倒，伺候他的人便開始一個勁兒的懈怠了，因為有人下了命令，不許待他好，若是他自己挨不過去，那就死了便是。

可齊昭一次次熬過來了。

他靠著自己，艱難地與閻王鬥爭，一次次挺過來，彷彿被千刀萬剮，辛苦萬分。

唯有這一次，有人在他身邊，細心地照顧他，巴望著他醒來。

齊昭吃完一碗蛋羹，眼睛紅紅的。福妞擔心地瞧著他問道：「你可是身子不舒服？若是不舒服就趕緊躺下休息，好不容易才養好了些，可不能再病了。眼看要過年了，你得好起來吃餃子呀！」

沒幾日便要過年了，齊昭想到這兒，強行嚥下淚。「我沒什麼不舒服，如今遇著福妞，一切都會好的。常聽人說『寶劍鋒從磨礪出，梅花香自苦寒來』，我若熬過這一遭，將來必定能過上好日子。」

福妞微微一愣。「你說什麼寶劍？什麼梅花啊？」

她沒讀過書，只覺得文謅謅的，恰好王有正進來了，端了一碗煎好的藥遞給齊昭。

「喝吧。」

同時，他轉頭笑著看向福妞。「小五只怕是讀過書的，因此說話咱們有些聽不懂，福妞，若是妳得空，可以和小五一起學習認字，只是不許累著小五。」

福妞一臉驚訝。「真的？你讀過書？我能跟著你學？」

齊昭看著福妞單純漂亮的臉蛋，想到上輩子。

上輩子的福妞也喜歡認字，他教福妞學會了許多字，原本想著等自己回京拿下江山之後，就接她回去成親，卻沒料到，她那麼好的一個人，活生生死在了井裡頭。

井底很冷吧？她一定也很怕。齊昭眼眸沈下去。

半晌，他說道：「小五略讀過些書，等空了可以教她認字。王叔，謝謝您了。」

這輩子，齊昭沒打算再認義父、義母，王家的恩情他會翻倍報答，但除此之外，他也要和王家人成為真正的一家人。

王有正沒在屋裡待太久便出去了。

那藥很苦，齊昭分了三次才喝完。

福妞湊上去說：「是不是很難喝？你吃一口這個。」

她從懷裡摸出一塊麥芽糖。「這是上次爹爹去鎮上買給我的，我沒捨得吃光，留了一塊。」

齊昭搖頭，眉頭雖然皺著，嘴上卻說：「不苦。」

「哎呀，你吃嘛！我知道很苦的。」

福妞說著，便把麥芽糖塞進齊昭嘴裡。齊昭猝不及防感受到了甜滋滋的味，直接把嘴裡的苦味蓋了下去。

吃糖讓人心情愉快，尤其是福妞親自餵的，齊昭越吃越覺得香甜。

他自小生在王府，雖然有人私底下害他，但表面功夫卻做得極好。齊昭不愛吃那些糕點，那人便吩咐下人一碟一碟地往齊昭房中送。

都是極好的甜品，但齊昭吃起來只覺得膩。

他不喜歡糕，也不喜歡糖，但此時卻覺得這塊麥芽糖當真是極品美味。

可惜，他重生之時已經被送出王府，沒來得及從府裡帶些好東西，所以眼下也沒有辦法給福妞什麼了。

齊昭堅定地看著福妞。「將來，我也會給妳好吃的糖。」

福妞笑咪咪的，眼睛如月牙一般。「好呀。」

因為有人細心照顧，齊昭身子一日比一日好，臘月二十那天還起來走了一會兒。

想到自己在這兒都是白吃白喝，他心裡有些慚愧。

好在和福妞私下說了幾回話，大致知道這一世福妞一家和從前不太一樣了。

如今他們和大房分開了，日子比先前好了不少，不只能吃飽，也常常可以吃到蛋和肉。

福妞提到她爹娘，臉上都是自豪。「我爹娘可厲害了，爹爹會打野豬，我娘做飯特別好吃，還有她種的蘿蔔又大又甜。」

齊昭有咳疾，每日都要喝衛氏煮的蘿蔔水，也吃過蘿蔔，當真是十分可口。

見她過得好，齊昭也放心了。「妳爹和妳娘的確都是極好的人。」

福妞有些不滿，撇撇嘴道：「那我呢？你病倒的時候，是我照顧你的，我不好嗎？」

「福妞也極好。」齊昭伸手想揉揉她的腦袋，卻被她躲開了。

「你怎麼好像把我當小孩子似的？齊小五，你分明比我還小呢！」福妞越想越奇怪。

齊昭有些尷尬，他因為常年體弱，湯藥不離身，但吃下去的東西卻不多，因此個頭小。但將來，他會長很高的，會成為頂天立地的男兒，保護他的福妞。

「福妞，我不是小孩子了，我沒有比妳小。」齊昭想了半天，也只能這樣同她說。

福妞見他堅持，只得嘆氣道：「好吧好吧。」

兩人正說著，王有正從外頭回來了，身上都是落雪。

一進門，衛氏就為他拍打身上的雪，邊問：「可買到了？」

王有正搖頭，嘆息道：「今兒不知怎的，賣春聯的人生了病，也不知道何時能來，要不我明日再去瞧瞧。」

衛氏有些心疼。「既然他沒說何時會去，你若是又撲了個空可如何是好？」

王有正沈吟一番說道：「那這樣吧，明日我去買些紅紙回來，託咱們村裡會寫字的人寫上幾筆，也算是春聯了，咱們不懂字，也不能看出好壞。」

在一旁站著的齊昭忽然靈機一動。「王叔，小五會寫字，可否讓小五試試？」

他雖然自小體弱，但沒生病的時候都是在練字，因此字寫得很不錯。

說完，齊昭便拿起一根棍子，在雪地上揮灑起來。

他還未完全痊癒，體力不支，但那龍飛鳳舞的筆觸卻讓王有正夫婦和福妞都睜大了眼睛。

齊昭在雪地上寫了個「福」字。

王有正立即說：「我雖未讀過書，可這字我認識，這不是福嗎？我怎麼瞧著，這比鎮上賣春聯的寫得還好看呢！」

齊昭自然有信心比那些人寫得好看，他想了想，提了出來。「王叔若是信任我，可以多買幾張紅紙，我來寫幾幅春聯，也是能賣到一些銀錢的。」

他想到自己花了王家不少銀子，還是心中有愧。

王有正高興得很，第二日便去鎮上買了一堆紅紙，又買了墨水和一枝毛筆。

這些筆墨紙硯雖然都是較為劣質的，卻依舊擋不住齊昭筆觸之中的靈氣。

他尤其愛寫「福」字，上一世幾乎人人皆知，大家都以為他是在祈求多福，所以才把福字寫得出神入化，可誰也不知道，他是在思念王福福。

齊昭寫了二十來幅春聯，王有正拿去鎮上賣。鎮上不少人是讀過書、認識字的，一眼就看出這字不是普通人寫的，瞧那行雲流水般的筆觸，若是貼到門上，自然是漂亮得很。

春聯被一搶而空，王有正十分驚訝，想到齊小五的叮囑，便又買了些紅紙。

寫字對齊昭來說簡單得很，何況福妞在旁邊磨墨，更讓他覺得心神安定。

外頭飄著雪，屋裡有暖乎乎的爐子在燃著，福妞身上的衣裳不知道是用什麼東西洗的，總是帶股清甜的味道，齊昭想了很久很久，才篤定那是福妞身上原本就有的味道。

他一聞到這個味道，就覺得四周彷彿都安靜了，世上的一切都有了美好的意義。

瞧著少女低垂的眉眼、嫣紅的唇，他輕聲問：「妳可想學習寫自己的名字？」

福妞抬頭，有些驚喜也有些膽怯。「可是，我從未學過寫字，聽聞是很難的。」

「不難，妳來。」他把福妞拉過來，握著她的手，一筆一劃地寫下了「王福福」三個字。

福妞瞧著紙上的字，覺得新奇又開心，這就是她的名字嗎？

她忍不住讚嘆。「弟弟，你真厲害呀！」

第十六章 保護我一輩子

聽到福妞喊他「弟弟」，齊昭的眸色沈了下。他慢吞吞地說道：「若想寫好字，需要反覆練習，方能記住筆劃與神韻，這個『人』字，妳先寫上十遍。」

他教福妞寫了個「人」，原意是想小小懲罰她，讓她往後不要再喊他弟弟，可誰知道她當真一筆一劃地寫了起來。

福妞寫字時十分認真，一個一個寫下去，胳膊痠了也沒有一句怨言。

這讓齊昭想起自己在王府認識的那些小姐，個個都嬌滴滴的，稍微多練一會兒字便叫苦連天，彷彿要命似的。這會兒瞧著福妞，他才知道，什麼樣的女孩子最可愛。

齊昭走過去抓住她的手。「累了吧？妳這字已經寫得很不錯了，先歇歇。」

福妞點頭。「我覺得寫字真有意思！弟弟，你以後能天天教我寫字嗎？」

齊昭臉上一黑。「妳叫我什麼？」

福妞趕緊捂住嘴巴。「齊小五，你以後日日教我寫字好不好？」

這下子，齊昭才緩了臉色。「嗯。」

他打算，先教她寫些基礎的，再教她寫名字，接著，教她寫「昭」這個字。

眼看要過年了，王有正拿齊昭寫的春聯去了幾次鎮上，次次都賣光，他是個老實人，回頭就把賣得的銀子給齊昭，可齊昭直接拒絕了。

「王叔、嬸嬸，你們對我有救命之恩，這點銀錢就莫要再分你我了。」

衛氏趕緊說：「哎呀，小五，你可別這樣想，我們救你哪裡是希望你報答呢？你身子好好的便是了，年後你若是沒有地方去，只管住在這裡，就當成你自己的家。」

齊昭眸子裡都是感動。「小五記下了，把這兒當自己的家。」

不知不覺，大年三十就到了。衛氏忙前忙後地做了餃子，又滷了一鍋肉，香噴噴的肉吃起來特別過癮。

齊昭的身子也沒那麼虛弱了，雖然還是咳，但不至於咳得驚天動地，像要昏過去似的。

他每日除了教福妞寫字，也沒有別的事情，飲食上衛氏照顧得極好，齊昭覺得自己身上的力氣一點一點地回來了。

福妞吃了大半碗餃子，齊昭也吃了半碗。吃完之後，兩人都去門口看王有正放炮竹。

炮竹聲中除舊歲，這一年總算是過完了。

因為福妞年紀小，齊昭又病著，他倆便不用守歲，王有正特意包了兩枚壓歲錢封子，給了福妞與齊昭。

齊昭握著那封子，知道裡頭的錢不多，但還是覺得無比難得，心裡暖乎乎的。上輩子王有正因為與大房糾葛很深，手頭沒有閒錢，因此從未給他和福妞發過壓歲錢；他在王府時更是沒有人這般關懷他。如今拿著壓歲錢，他覺得自己真成了個幸福的小孩。

過完年，衛氏還為齊昭做了新衣，把他原本身上寬大的衣衫給換掉了。

齊昭穿上新衣，像換了個人似的，從前寬大的衣裳顯得他有些瘦小，如今衣衫合身了，加上齊昭這陣子也養了些肉，看起來清俊了許多。

福妞跟著他練習了約莫一個月，學會了最基本的一些字，比如「人、大、天、地」之類的，自己的名字也會寫了。她心裡十分高興，便想趁著日頭好，帶齊昭出去玩玩。

此時已經出了正月，太陽很大，冰雪消融，恰好衛氏和王有正要去鎮上採買，福妞便帶著齊昭一道去小河邊挖薺菜。

現在正是薺菜的季節，鮮嫩的薺菜挖回去炒蛋很好吃。

齊昭不會挖菜，蹲在那兒笨拙地拿著小鏟子鏟下去。「是這樣嗎？」

福妞一看，他把菜都挖斷了，趕緊過來。「哎呀，你寫字那麼好看，怎麼不會挖菜呢？你教我寫字，我來教你挖菜。」

見福妞教得那麼仔細，齊昭微微一笑。「嗯，我會好好學。」

兩人挖了一小籃薺菜，提著往回走，齊昭折了一根柳枝，問：「福妞，妳想聽我吹曲子嗎？」

福妞疑惑。「怎麼吹？這兒也沒有笛子。」

齊昭把柳枝弄了幾下，放在唇邊，悠揚的笛聲立即傳了出來。

他雖穿著尋常的粗布衣裳，但眉清目秀、氣質不凡，瞧起來和村裡其他男孩完全不同，越看越是好看。

福妞聽得專注，沒發覺不遠處幾個同樣來挖薺菜的小孩也聽入神了。

「他就是福妞上次救回去的人嗎？聽說會寫字，還會寫春聯呢！福妞她爹說，這人還教會福妞寫字了！」

「真的嗎？這麼厲害?!」

幾個小孩嘰嘰喳喳，崔惜遠遠打量著齊昭。那日她瞧著這人只覺得是個快死的傢伙，現下一看，卻發現與自己想像中大不相同。

看這人周身的氣質，就不像是鄉野出生的孩子，更何況小小年紀就能寫出那般漂亮的字。

如今福妞也會寫字了，說親的人肯定更喜歡福妞。

崔惜想，如今她爹成了那個樣子，她肯定是爭不過福妞了，不如自己想法子找個如意郎君。

她瞧著齊昭，覺得此人倒是很適合。

首先是生得俊，其次會寫字，說不準家裡是個有錢大戶，只是沒落了，但怎麼樣也比村裡那些土包子強多了。

崔惜這樣想著，便開始找機會接近齊昭。

這一日，總算被她尋著了機會，到了齊昭跟前。

「我叫崔惜，也是這村裡的人，你叫齊小五是吧？那日，是我和福妞一同把你救回去的，說起來還是我先發現你的，但福妞說她家名聲差，想做點好事改變旁人的印象，便把你強行帶回去了。」

齊昭聞言，翻了下眼皮，什麼都沒有說。

崔惜頓了下，繼續道：「我這人其實不愛多管閒事，但覺得你人很好，便想提醒你，你雖在王家住著，但不要輕信他們一家子。尤其是福妞，她是個虛偽的人，嘴上一套、私下一套，裝成善良無辜的樣子，實際上處處勾搭男人。」

齊昭抬起頭，眼神冰冷。「這些話妳從哪裡聽來的？」

眼前的女孩看起來不過十歲出頭的樣子，怎會這般誣衊福妞？

上一世他似乎聽過崔惜的名字，但都是從福妞那裡知道的，並不了解這個人。

他沒想到，這個女孩小小年紀便這般惡毒。

崔惜被齊昭的眼神嚇到。「我只是好心提醒你，怕你受奸人蒙蔽。」

齊昭咳嗽幾聲，心中動怒，面容有些發白，但字字沈穩。「妳若是真的這麼好心，便離我遠些，我見妳這等下賤之人便覺得噁心。」

崔惜一愣，幾乎懷疑自己聽錯了。「你說什麼？」

恰好福妞回來了，瞧見他們兩個氣氛不對，立即護住齊昭。「崔惜，妳不許欺負我家小五！」

崔惜惱怒地看著齊昭。「你方才說什麼！」

齊昭冷淡地看著她，帶著厭惡，一字一句道：「我說妳在胡扯。年紀輕輕的女孩，知道羞恥嗎？妳若是再不滾，我便讓全村人都知道妳如何歹毒。」

若是大家都知道了，那崔惜還如何嫁人？

崔惜恨恨地瞪了齊昭和福妞一眼，轉身離去。

齊昭又咳嗽起來，福妞擔憂地看著他。「她是不是欺負你了？」

「若她真的欺負我了，妳打算怎麼辦？」齊昭微微喘氣。

福妞氣得握緊小拳頭。「我去為你報仇！」

她雖然沒有打過架，但也絕對不允許自己養好的齊小五，又被崔惜氣得病情加重。

齊昭含笑，心裡舒服了許多，他扶著福妞站了起來，低聲問：「是嗎？妳要保護我？」

福妞點頭道：「當然，你是我救回來的，我不保護你，誰保護你？」

「那妳打算保護我多久？」

福妞不假思索地說：「保護一輩子。」

齊昭心中一動。「難道妳不嫁人，我不娶妻？妳如何保護我一輩子？」

福妞愁眉苦臉地想了好一會兒。「我倒是可以不嫁人，你娶妻之後，若是你娘子保護不了你，你儘管找我，我可以保護你一輩子呀！」

可誰知道，齊昭微微搖頭。「這樣不好。」

福妞納悶了，水潤的眸子裡都是不解。「哪裡不好了？難道你有更好的法子。」

齊昭點頭。「嗯，我倒是有個絕佳的法子，能讓妳保護我一輩子。」

見他這樣說，福妞便追著問，哪知齊昭就是不說。

福妞都急了，他才回頭，靜靜地看著她，半晌，才略帶苦澀地說：「等到……我做好了自己該做的事情，便會告訴妳那個法子。我這輩子，就指望妳保護了。」

第十七章　福妞會作詩了

自從開春以來，家家戶戶日子都好過了許多。因為野地裡各種瓜果菜類都瘋狂生長，衛氏手藝又好，家裡伙食便越發豐盛了。

不知怎的，齊昭發現自己在王府裡的餐食雖然精緻，但身子骨兒卻一直很弱；如今在鄉下，他倒是好得飛快，起初只是每日勉強打起精神教福妞讀書寫字，到後來還能出去走走，甚至做些輕巧的活兒。

想起上一世，齊昭便更是疑惑。

上一世王家人雖然也是費盡心思幫他養身子，但他還是纏綿病榻好多年，一直到了十四、五歲那兩年才逐漸好轉。

仔細想想，也許是這一世福妞一家與大房脫離，銀錢與食物更充足，因此他也跟著恢復得快了些吧。

齊昭心中感恩，但也只能默默打算著，將來定要讓福妞和她爹娘都過上好日子。

福妞其實很聰明，齊昭不過教了她兩、三個月，她就認識了許多字，還學會做簡單的詩。

見福妞學得好，衛氏也歡喜得很，家裡的事都不叫福妞做了，就讓她好好學習讀書寫字。

齊昭閒著沒事便帶福妞一起去外頭走走，三月正是落英繽紛之時，山腳下許多野生的杏樹、桃樹、梨樹，開了繁星似的粉白花，香氣沁人心脾，花瓣灑到肩頭，美得空氣都靜謐了下來。

齊昭想教福妞作詩，他想著，將來自己一旦成功，福妞必然要成為高貴的掌家主母，到時候若是詩詞文采一竅不通，想必會有不少質疑聲音。

他倒是不覺得有什麼，要維護福妞也不難，但眼下見福妞喜歡詩詞，便決定多教她一些，總歸會用得著。

齊昭只舉了幾個簡單的例子，福妞便靜靜望著那幾株開花的樹，脫口而出一首簡單的五言絕句。

雖說對仗不算工整，但也很讓人驚喜了。齊昭高興得很，跟福妞一唱一和，在花樹下逡巡許久。

恰好有人經過那裡，聽到福妞作詩，驚得鋤頭都要掉了。

很快，福妞會作詩的事便傳得整個村子都知道了。

崔惜聽聞之後，更是嫉妒得很，這村裡哪個女孩認得字？福妞竟然會作詩，還是那個病秧子教的？

早知道這樣，那一日她就是拚了命也要把病秧子救回自己家。

可惜，事情沒有回頭的餘地。

也有人看笑話一般地問秦氏。「妳家牛蛋花了那麼多銀子讀書，如今會作詩嗎？」

秦氏臉一黑，牛蛋讀書花錢如流水，但也只認得一小部分的字，詩嘛，倒是沒見牛蛋作過。

她回去質問牛蛋一番，牛蛋不服道：「娘，您怎麼向著王福福那個死丫頭？她不過是個丫頭片子，會作詩又如何？難不成她去考科舉？」

秦氏一想，也的確有道理，便故意在人多的地方笑道：「丫頭片子也不知道讀書做什麼，還作詩？我呸，笑掉人家大牙！將來說親，誰不看姑娘家是否勤快能幹？屁股大不大，能不能生兒子？有的人啊，自己生不出兒子，閨女又能好到哪裡去？就算寫上一百首詩，有個屁用！」

衛氏聽到這話，心裡著實生氣，若是說她那還能忍，但欺負到自己閨女頭上，她忍不了，便也藉機到村裡人跟前說了一番話。

「我家福妞是個丫頭不錯，但丫頭和丫頭也不相同，有的丫頭生得好看又聰慧，有的丫頭尖酸刻薄跟她娘一般，就算能生十個兒子、百個兒子，那是下豬崽嗎？頂什麼用啊？」

不少人跟著附和，都道福妞生得漂亮，又會做簪子賺錢，比王翠翠不知強了多少倍呢！

見大夥兒這樣說，衛氏心裡也舒坦了，而秦氏背地裡又開始詛咒。

她罵道：「神氣什麼！妳當我花銀子詛咒妳家是幹什麼用的？你們遲早倒楣。」

可秦氏才罵完，就聽到王翠翠在外頭尖叫。「娘！雞、雞死了！」

秦氏衝出去一瞧，她養的四、五隻雞，還指望著下蛋賣錢呢，竟然一隻隻都死了。

那些雞死得蹊蹺，眼珠通紅、口吐白沫，像是中毒了，這樣的雞肉也沒人敢要。

秦氏氣得坐在地上哭。「我的雞啊！我的命根子啊！家裡本來就這麼窮了，這下如何過啊！」

她哭天搶地也救不回雞了，只恨老二家坑害了他們，她心裡默唸著，那咒語一定要管用，讓老二一家永難翻身。

可惜，天不從人願。

三月底，鎮上要逢會，據說有戲班子來唱戲，村裡沒啥好玩的，一到這樣的日子，就是用走的也要去看看熱鬧。

因為齊昭身子恢復了不少，王有正又弄了輛牛車，一家子去鎮上方便多了。

福妞和衛氏做了不少髮簪，便打算一同帶去鎮上賣了，大夥兒再聽聽戲、見見世面。

田明康一家三口也搭上福妞家的順風車，幾個人一路說說笑笑地到了鎮上。

福妞他們要去賣簪子，而田明康一家想四處逛逛，便先行分開了。

福妞為齊昭掖了下衣裳。「雖說是三月了，可你身子弱，還是要當心，不能吹風。」

齊昭瞧她溫柔仔細的樣子，心裡暖和得很。「放心，我定會照顧好自己的。倒是妳，一個姑娘家，處處小心。」

剛到鎮上，他就覺得時不時有人看向福妞，實在是福妞生得如出水芙蓉，在人群中非常顯眼。

四人到了從前賣簪子的地方，才剛把簪子擺出來，便被人陸陸續續買走了。他們訂的價格不高，二十來支簪子賣出去之後，手頭瞬間寬裕不少。

衛氏喜孜孜地說：「原本想著咱們手頭的銀子不多了，便做了些饅頭帶著吃，可現在有錢了，等會兒給兩個孩子一人買一碗熱湯麵吧。」

夫妻倆心善，見齊昭無家可歸，便完全把他當成了自己的孩子在養。

福妞高興得很。「爹、娘，那咱們先去看戲吧！我和小五來之前已經吃了東西，都還不餓呢。」

衛氏和王有正點頭道：「嗯，走吧，也不急，戲應該還沒開場，咱們來得早，可以四處逛逛。」

他們到處走了走，因為身上銀錢不多，也不敢放肆地花。王有正要為福妞和齊昭買糖葫蘆，齊昭立即說：「王叔，我不愛吃酸，您千萬不要買給我。」

既然齊昭不愛吃酸，王有正也不好勉強，便為福妞買了一串。

福妞舉著糖葫蘆，臉上都是笑意，硬是讓爹娘都咬了一口。

接著，她又遞到齊昭面前。

「你也吃一口。」

齊昭遲疑了一下。「我不愛吃酸。」

「那你就吃外頭那一層甜的，裡面的山楂給我吃。」福妞笑盈盈地說。

齊昭微微一怔，半晌明白了她的意思，他倒是臉紅了。「咳咳，福妞，我咳嗽還沒好，就不吃甜的了。」

她還小，什麼都不懂，他不能占她便宜。

福妞一下子急了。「你怎麼又咳嗽了？前幾天不是好多了嗎？」

見她著急，齊昭也慌了，趕緊解釋。「這咳嗽與之前的不同，我只是嗓子有點癢罷了。」

「那你就可以吃呀，你吃一口吧，很甜很甜的，咱們平時在家裡吃不到這東西，若是這次不吃，下次還不知什麼時候才吃得到。」

齊昭見福妞這麼說，便輕輕咬了一口，甜甜的糖殼到嘴裡，一會兒便融化了，那滋味讓齊昭心裡暖暖的。

「好吃嗎？」福妞輕聲問。

齊昭點頭，清俊的面上都是笑意。「甜。」

兩人正說著，王有正忽然道：「前頭在做什麼？」

齊昭和福妞一齊往前看去，只見那兒熱熱鬧鬧的，似乎在比試什麼。

等湊近了才知道，原來是一群書生在比試對對聯，若是誰能出一道大家都對不出來的對聯，便能得到所有書生投注的彩頭，彩頭是銀子，放在一只碟子裡，看起來還不少呢。

因為有這彩頭，不少人好奇地湊過去，但凡識字的都想試試。

恰好今兒個秦氏也帶著牛蛋和王翠翠來了，秦氏催促道：「牛蛋，你也上去試試，說不準就能拿到彩頭呢！咱們王家可是讀書人，你又是王家的獨苗，想必是行的。」

牛蛋一臉吃屎的表情。「娘，我是正經讀書的，哪會這些對子？若是科舉考對子，那我倒是願意跟先生學。」

他這樣說，秦氏連忙答。「哦，那是娘怪罪你了，都是娘不好。」

看起來，那幾位書生出的對子難度很高，這都大半個時辰了，還沒有人能全部對完；而即使有人出了對子，書生們也都對答如流，想必今日沒人可以勝出了。

王有正和衛氏拉拉福妞與齊昭。「咱們不會這些，戲差不多要開始唱了，咱們過去吧。」

可齊昭微微一笑道：「王叔，還是讓我們兩個試試吧。」

說著，齊昭對福妞一笑，福妞也有些躍躍欲試。

這陣子，福妞跟著齊昭學了很多對子，什麼千古名對、大家奇語，福妞越學越覺得有趣，幾乎沈浸其中不可自拔，這會兒剛好測試一下自己學到多少。

齊昭低聲說：「妳上去，若是不會的，我來幫妳。」

福妞點頭。「好！」

她撥開人群走進去。「我來試試。」

大夥兒見到個玉雪清秀的小女孩出來說這種大話，一下子笑了起來，其中一位書生揮揮扇子道：「小姑娘，莫要壞了我們的興致，妳才認得幾個字？也敢說要試試？」

秦氏瞧見福妞，也是一愣，她對著那些人大喊。「她才跟個窮小子學了幾個月，定然不會對對子。我是她大伯母，我清楚得很。」

福妞轉頭看向秦氏道：「我若是對得出來呢？妳就當眾向我道歉，承認妳嫉妒我娘有我這樣的閨女嗎？」

秦氏冷笑。「妳作夢！妳若是對得出來，我吃屎都行。」

齊昭自小不得父親寵愛，母親早逝，他獨自一人，跟著老師啟蒙之後，老師也不大管教他，他便自個兒讀了許多雜書。

人人都說齊昭絕對不會繼承王爺衣缽，身子又差，仕途上決計是不要指望了，齊昭便也沒把心思放在那裡，反正王府書多，他便按照自己的喜好，每日都躲在屋子裡看書。

如此經年累月，倒是讀了不少書，一般的文人都比不上他，更何況這個小鎮上能有幾個讀書人？

齊昭隨口在福妞耳邊提點了幾句，福妞便朗聲把幾位書生的對子都對出來了；齊昭又教了福妞一個對子，福妞便笑道：「三塔寺前三座塔，塔塔塔。」

幾個書生一愣，這對子聽起來很簡單，但若要對得工整，卻是非常難的。

好一會兒，幾人抓耳撓腮的也對不上，只得放棄了。

「小姑娘，沒想到妳這麼厲害，敢問令尊是何名號？竟教得出妳這般聰明伶俐的女孩。」

福妞微微一笑看向她爹，王有正趕緊說：「在下只是附近的獵戶罷了，粗人一個，小女讓各位見笑了。」

那幾位書生面面相覷，圍觀的眾人也都不信。這女孩看起來白淨漂亮，衣衫也絲毫不帶補丁，甚至還繡了花，哪裡像是鄉下窮人家的孩子呢？

更何況，鄉下人家飯都吃不飽，哪出得起銀錢讓孩子讀書？

但不管如何，的確是福妞得到了彩頭，幾位書生把銀子拿給她，足足十幾兩，羨慕得大夥兒眼都紅了。

秦氏顧不得嫉妒，拉著牛蛋想要逃走，忽然，一直躲在人群裡的田大路喊了出來。「王家大娘，妳去哪兒？妳不是要吃屎？我剛剛撿到一塊牛糞，妳吃不吃？」

余氏趕緊作勢捂了下田大路的嘴。「你這孩子，別瞎說。」

秦氏臊得臉都紅了。「吃你個頭！」

其他人指指點點起來。「就是這個人，說是這位姑娘的大伯母，怎麼，方才笑話人家，放了大話，如今不敢承認了？」

秦氏被堵著，臉色脹紅。「我何時說那些話了？就算說了又如何？說說又怎麼了？」

她硬是擠開人群走了。今日來鎮上玩的村裡人不少，聽說之後都打從心底瞧不起秦氏。

福妞一家領了銀子，高興得很，這一大筆銀子可以好好改善家裡的生活了，先前為了造牛車和給齊昭看病，家裡積蓄幾乎耗光了，如今峰迴路轉，日子又可以寬裕些了。

他們看了幾場戲，又一人吃了一碗餃子，這才往家裡去。

回到家，衛氏又煮了粥，配著醃菜大家一起吃。

第十八章 來了個神算

晚上睡覺，衛氏拿著銀子數了數，說道：「這銀子，實際上都是小五掙來的，我都聽到了，是他在教福妞。他雖然孤苦伶仃地在咱們家借住，但咱們也不能扣下人家的東西，今兒個花了一些，剩下的還是給小五拿著吧。」

王有正把外衣脫掉，躺到床上。「妳說得極是，他一個男孩子，無父無母，將來說親都是問題，這銀子的確得給他拿著，等他十五、六歲好說個媳婦。」

衛氏把燈芯挑起來一點，忽然想到了什麼，依偎到自己男人懷裡。「你說，小五這孩子如何？」

回想齊小五來到家裡的點點滴滴，王有正沈思了一會兒。「他雖然病弱，但性子沈穩，極有禮數，似乎也讀了許多書，是個很難得的好孩子。」

衛氏眼神散發著光彩。「那你覺得，咱們若是招他為上門女婿如何？咱兩口子好好做，給他們打下些家業，小五是個好孩子，若是成了上門女婿，咱們就把他當兒子，這樣，福妞也可以一直待在咱們身邊。」

她覺得自己這主意甚好，一想到福妞不必嫁到別人家裡去，不用受婆婆苛待，就激動不已。

可王有正卻笑了。「月娘，妳想得很好，只是，小五能讀這麼多書，會是尋常人家的孩子嗎？還有，他初來時穿的那套衣裳，我起初沒注意，後來有一日瞧著，那布裡頭嵌著銀絲呢！另外，他身上戴著一塊玉珮，哪個尋常人家的孩子會有這般行頭？我琢磨著，等他身子好了，必然是要離開這裡的。咱們救他，可不能被認為是要占他便宜。更何況，就算他真心喜歡福妞，我也不希望福妞嫁到大富大貴人家，咱們家底薄弱，差距太大，福妞會吃虧的。」

他這樣分析了一番，衛氏似乎可以想像福妞被看輕、被苛責的樣子，便一下子害怕了。「相公，你說得對，是我想少了，咱們還是找個離得近、門當戶對的吧。唉，我一想到福妞要嫁人，心裡就捨不得。」

見娘子傷心，王有正把她摟到懷裡。「如今福妞十二歲了，妳平日與人談天也可打聽一番，看看誰家有品行不錯的兒子。咱們雖然不算富足，但跟附近人家比起來，也不算差的了，畢竟頓頓能吃飽飯，時不時還能配上幾塊肉，誰若是娶了咱家福妞，我王有正後半輩子掙來的銀錢，也都是他的。」

衛氏點頭道：「好，我會打聽打聽。」

他倆說著說著，便熄燈睡了。

齊昭原本睡不著出來走走，走到東邊廂房聽到有人在說話，似乎還提到了他的名字，他便站在窗下聽了一會兒，邊聽，邊覺得身上微微發冷。

他知道，福妞的爹娘都是善良本分的人，上一世就是因為他們的善良本分，他認了他們做義父、義母；因為他們的善良本分，他不忍心傷害他們，克制住了對福妞的喜歡，從未敢表露出一分一毫，直到，一切都錯過了。

沒想到，這一世，他們還是這樣的想法——不支持他和福妞。

只是，他已經不是原來那個他了。

齊昭七日沒吃蛋，每天都是偷偷把衛氏給自己的白煮蛋放到冷水裡存著，第七日藉口出去走走，把蛋也帶了出去。

這幾日，衛氏時常去找余氏聊天，打聽到不少對福妞有意思的人家，大家見福妞漂亮又識字，掌家管帳、養育孩子絕對沒有問題，心裡都很中意這樣的兒媳婦。

衛氏也留意了幾家人，雖說都是生計方面有些困難，但她不是很在意。

想當初，她嫁給王有正的時候不也過得辛苦，還經歷了那麼多風風雨雨，可兩人情投意合，本分踏實的過日子，如今不也算苦盡甘來了嗎？

她看上了幾家，但嘴上也沒明講，只是意思意思地說福妞還小，還不是很急。

大家摸不準衛氏的想法，也不敢就這麼找中間人商議訂親的事情。

只是那日余氏忽然說道：「我娘家姪兒今年十二，雖說沒有讀過書，但人品好，又很勤快，妳也知道，我娘家人都是好人，我嫂子待我一向宛如親生妹妹，妳若是覺得不錯，我明兒便請嫂子來一趟。」

衛氏也聽說過一點余氏娘家的事情，心裡有些動搖，等過兩日見著余氏的嫂子，只見她面相柔和，做事說話也都非常溫柔體貼，衛氏對她印象極好，兩人說了半日的話，只差訂下來了。

見這般，余氏也高興，她和衛氏關係好，自然也希望福妞嫁得好，倒是她兒子田大路在一旁有些不太開心。

余氏嫂子笑道：「我與我這妹子就如親生的一般，今日我雖在妹子家，但也想露一手讓衛妹妹嚐嚐，我這人就愛做些家務活兒，不捨得讓孩子受苦，尤其是女孩，那手嫩得水蔥似的，哪適合做家事呢？」

她這話暗示著福妞若是嫁過去不會受苦，如今誰家的媳婦不是嫁過去第一天便開始洗手作羹湯？不讓兒媳做事的婆婆實在太少了。

這番話又讓衛氏心裡猛地一舒坦，便越發喜愛余家。

可她還沒答話，外頭忽然來了個要飯的，高聲喊道：「好心人，可憐可憐我！」

三人對看了幾眼，趕緊去門口一瞧，是個渾身髒兮兮的乞丐，跛著腳拄著棍，舉著碗喊：「行行好，討口飯吃，我會算命，我幫妳們免費算命。」

余氏很為難。「這……我家裡沒有多餘的食物，上一頓做的都吃光了，要不，我給你兩個桃子吃吃？但都有些爛了。」

衛氏見乞丐可憐，趕緊說道：「我帶你去我家，我家裡倒是剩了幾個窩窩頭。」

乞丐瞇眼一笑，忽然說道：「那我先幫妳算一命。」

衛氏笑說：「何須麻煩？我給你食物，不是為了讓你算命。」

可乞丐拉著她非要算命。「妳頭三、四十年頗為坎坷，一生無子，失了四女，如今唯剩一女。」

衛氏一驚。余氏的嫂子卻道：「你說的這些，大家都知道，何須算呢？」

乞丐又笑，拿著手指掐掐算算。「妳啊，不是妳娘親生的，是抱養來的。」

衛氏內心一震。余氏問：「他是在瞎說吧？」

可衛氏卻搖頭，心裡也有些害怕了。「我的確不是我娘親生的，但這事我從未與旁人說過，碧河村不可能有第二個人知道，我娘早已去世，你怎麼知道此事的？」

乞丐哈哈一笑。「我如何知道？我算出來的啊。」

他說完，又洋洋得意地掐了幾下手指，說道：「妳剩下的這位閨女，可不能隨意嫁人，她命帶富貴，將來是要帶你們享受榮華的，奴僕成群，車馬成隊，穿金戴銀，吃香喝辣。」

衛氏不可置信地瞧著那人。「我們都是鄉下人家，如何能過這樣的日子？你，不會是算錯了吧？」

乞丐嘆氣道：「這可不是我算的，是上天注定的，罷了罷了，妳的飯我也不吃了，天機不可再洩漏，妳自己領會吧！」

他說完，唱著不知名的歌走了。

衛氏直到回家之後，都還有些心神恍惚。

若說那算命的不準，可他是如何知道她並非衛家親生的這件事呢？

若那人說的是真的，可關於福妞的命，實在是玄了些。

見衛氏恍恍惚惚，齊昭心情很好。他幫忙燒火，又將四口人的飯菜都裝好，輕聲問：「嬸嬸，您怎麼了？」

衛氏皺眉。「小五，你從前可聽說過算命？能準嗎？」

齊昭笑了一下。「嬸嬸，算命的當然不是都準，但若算得出您之前的事情，那通常就是準的了。」

他花了七顆蛋才找到的人，不準也得準了。

衛氏點點頭道：「罷了，罷了，先吃飯，不想這些了。」

自從福妞被人這樣算了之後，村裡人都議論紛紛。

有人說那肯定不準，哪個鄉下姑娘能過上車馬成隊、奴僕成群的日子？那不是作白日夢嗎？

但因為這樣，原本想要和福妞結親的人家也都退縮了。

秦氏知道之後，笑死了。「這衛氏當真是活該！還妄想過上富貴人家的日子？我呸！」

但笑完，秦氏又想到自己花銀子詛咒二房的事情，她疑惑，這次的詛咒怎麼沒用了？

秦氏去了一趟神婆那裡，神婆瞥她一眼道：「興許是人家找了破解的法子，妳給我五十文，我幫妳瞧瞧。」

秦氏一驚。「什麼？還要錢？我哪來那麼多錢？上回的詛咒怎麼就有用？」

她鬧了半天，認定神婆是在騙自己。神婆冷笑道：「我如何騙妳了？都是妳自願的。」

這神婆的意思，不就是騙人嗎？

秦氏幾乎像瘋了一般，想把銀子要回來，可怎麼都要不回來，還被神婆找人打了一頓。

她心中有怒，幾乎都怪到了衛氏身上。

今兒個衛氏倒是高興得很，她帶著福妞和齊昭下地幹活。齊昭如今身體越來越好，因為吃得不錯，個頭也長了些，看起來竟然快和福妞一樣高了，他走路特意挺直背脊，恨不得現在就比福妞高。

齊昭拿著鋤頭幫忙鬆土，福妞則是蹲在地上拔草。

王有正上山去砍柴了，他們三人則是打算多開墾一塊土地，多種些糧食，這樣收穫也能多一點。

山腳下的地土質都很硬，不太好處理，三人累得滿頭大汗。

福妞提議。「娘，咱們歇歇吧！去採前面樹上的桑葚吃。」

不遠處有一棵桑葚樹，上頭都是紫紅色的果子，看起來就很甜。

「你會爬樹嗎？」福妞問齊昭。

齊昭不會爬樹，他自小身體不好，很少做這些耗費體力的事，但上輩子他也是拿過刀槍的，便想試試。

「我會。」

齊昭一心想在福妞面前表現一番，可他沒有想到，爬樹比弄死個奸臣還難啊！

福妞在樹下擔心地往上瞧。「你若是不會，便下來。」

衛氏也覺得不妥。「小五，你當心，你身子才好不久，可不能摔了。」

齊昭使勁抱著樹，卻怎麼都爬不上去，他眼下的力氣實在和上一世成年後無法比，最終只能滿臉通紅，打算爬下來。

撲通！一個小不心，他便從樹上直直滑落。

福妞眼明手快，立刻撲過去抱住了他。

齊昭沒有摔到地上，而是掉進了福妞懷裡，但福妞卻是實實在在地摔著了。腿都破了一塊皮，衛氏心疼得很，想要抱她回家，福妞艱難地坐起來說：「娘，我沒事。」

齊昭握緊拳頭。他真恨現在的自己什麼都不會，還連累福妞受傷。

福妞皺著眉頭，摸了自己腿下一把。「娘，這是什麼啊？」

那是一株福妞不認識的植物，衛氏盯著看了看，說：「娘也不認識，咱們先回去處理妳腿上的傷口。」

可齊昭卻立即認了出來。「這是人參！」

人參？這麼摔了一跤，竟然壓到一株人參？

三人立即把人參挖了出來，這才帶著福妞回去了。

福妞是皮外傷，並不嚴重。齊昭雖然面上不說，但處處透著焦急，還打翻了清洗傷口的水盆。

他自責又內疚，倒是福妞瞧出來了，安慰他道：「我不疼，你別擔心。」

齊昭抿嘴，默然無聲。

衛氏也忙說道：「這是皮外傷，幾日便好了。」

說完，衛氏就去煮飯了。

福妞坐在椅子上，又瞅了瞅小腿上的擦痕，紅紅的，她皮膚白，顯得傷口有些明顯，但實際上已經不是很疼了。

怕齊昭心有負累，福妞再次強調。「我真的不疼呀。」

齊昭忽然單膝跪在她跟前，從自己襟內掏出一根紅繩，上面繫著一塊玉珮。

那玉珮瑩瑩生光，是一隻老虎的樣子，十分漂亮精緻。

齊昭眉眼清冷，似乎有些憂傷。「這是我娘留給我的，福妞，原本打算等妳……再送妳，但現在就送妳吧，用這玉按摩傷口，有止痛的功效，妳且好好收著。」

他把玉珮掛到福妞脖頸上。「莫讓妳爹娘知道了，他們定然不讓妳收。」

福妞訝然。「可是，我的確不能要，這是你娘留給你的。」

她說著便要把玉珮還給齊昭，可齊昭卻盯著她。「妳現在是我最重要的人，妳若是不要，便是不喜歡我、嫌棄我。福妞，妳嫌棄我嗎？」

福妞睜大眼睛。「我何時嫌棄過你？」

她有些委屈，今天這傷還是為他受的呢。

齊昭微微一笑，道：「那妳便好好收下。」

福妞抓耳撓腮地想了一會兒，從旁邊找出一個盒子。「那，我這顆夜明珠送給你吧。這是我從河裡撈上來的，我爹說，賣了一顆，剩下的一顆給我。你送了我玉珮，我送你夜明珠。」

那盒子打開，明珠熠熠生輝，齊昭內心一震。

這雖然不算頂級的夜明珠，但也非常漂亮，應該值不少錢。齊昭伸出手指碰了碰，心中泛起一種異樣的柔情。

「那我便收下了，這顆夜明珠，從今天起就是我的。只是我這人笨得很，只會外面的事情，內宅之事一概不會，妳幫我保管好不好？」齊昭聲音溫柔，眸中宛如泉水。

福妞覺得這話好像對，又好像不對，猶豫了半晌，答應了。

她把玉珮和夜明珠放在一起，仔仔細細藏了起來。

齊昭看著她四處藏東西的樣子，忽然覺得好笑。他似乎看見不久的將來，他們回到京城，大婚，過上尋常日子。她同旁人的夫人一般，每日操勞著家裡大大小小的事情，而他，忙碌之後總能見著她，再多的苦也有可以傾訴的地方。

她是他夢寐以求的港灣，上一世不知夢見過多少次；這輩子，總算有機會可以實現了吧？

福妞藏好東西，轉身一瞧，見齊昭眸子微飄紅色，立即問：「你怎麼了？」

齊昭輕輕笑道：「我娘走後，便沒有人疼我了，想到就覺得心裡難受。」

福妞趕緊說：「你說的什麼傻話！我可以疼你呀，你既來了我家，我就會疼你的。你教我讀書寫字，我此生都感激你。」

「是嗎？若我不教妳，妳就不疼我了？」齊昭故意問。

福妞自然而然地說：「那倒不是，我也會疼你的。誰讓你是我弟弟呢？」

誰知，齊昭臉色立即變了，哼了一聲。「我去廚房幫忙。」

福妞伸出腦袋看了看。「哎，你別走呀弟弟，你還要陪我說話呢！」

她真不明白，為何齊昭這麼不喜歡她喊他弟弟呢？

福妞撿到的那株人參，王有正拿到鎮上賣了十兩銀子，回去之後村裡又掀起一股挖人參的熱潮，只可惜，山都要被翻過來了，誰也沒有再挖到人參。

秦氏為了挖人參，還在山上摔了一跤，養了半個月才能走路。

王家大房日子過得亂七八糟，牛蛋讀書三天打魚、兩天曬網，秦氏也不太想讓他讀了，但想到這些年付出的精力和銀子，實在捨不得放棄，只能繼續逼他讀書。

至於王翠翠，脾氣越來越古怪，時常頂撞秦氏，氣得秦氏每日都要罵人。

家裡雞飛狗跳的，王有財也不想待在家裡，總是偷了糧食出去換酒喝。他每天都在後悔娶了秦氏，一想到自己的弟媳衛氏，心裡就發癢。

要是衛氏是他媳婦該多好啊！

第十九章　我來供他讀書

因為村裡人幾乎把整個山都挖遍了，也沒找到片人參葉子，大夥兒便私下議論起來。

說這個福妞真是越來越厲害了，她前面四個姊姊都沒能活下來，可是到了她，眼下都十二歲了還好好的，且她爹一會兒打到鹿、一會兒打到野豬，她自個兒不是挖到珍珠便是撿到人參，這好運氣哪個孩子有過？

其實福妞的好運可不只這些，她爹娘心裡知道，只是不敢與旁人說，怕招來禍患。

縱然如此，還是惹來了不少嫉妒，最甚的便是秦氏。

秦氏見自家日子越來越差，飯都吃不飽，二房卻風生水起，昨兒還見衛氏去肉鋪買了塊肉，這讓秦氏饞得口水都要流下來了。

她想了許久，想到了一個破釜沈舟的法子。

王有財不是眼饞衛氏嗎？不如就來個順水推舟。

若是能敲詐衛氏一筆錢，那也比挨餓強。

這樣想著，秦氏就拿了珍藏的高粱酒出來，對王有財說道：「當家的，你平日辛苦了，喝點酒過過癮。」

王有財受寵若驚，但見著酒如見了命，想也沒想便喝了起來。

秦氏冷笑一聲，趁王有財幾杯酒下肚，暈暈乎乎的時候說：「老二媳婦這會兒正在西邊那條河洗衣，離他們住的地方很近，那邊的水乾淨，當家的，你幫我拿這些衣服去洗一洗好不好？順便與老二媳婦說說話，從前我就覺得她很喜歡你這個當大哥的，咱們兩家如今關係這麼差，興許你能緩和些呢。」

王有財聞言十分激動。「妳說啥？她喜歡我這個當大哥的？」

秦氏怒火中燒，但為了銀子還是忍了。「是啊，說句不當講的，老二媳婦曾經偷偷同我說，她心裡想嫁的人是你，而非老二，只可惜啊！罷了罷了，你快去吧，去晚了就不好了。」

這話讓王有財高興得手都抖了，立刻一路小跑朝河邊去了。

他喝了太多酒，到了河邊，瞧見一個女人蹲在那裡洗衣服，一想到那是衛氏，而衛氏又心念自己許久了，便猴急地顫抖著手從後頭去摸她的臉。「妳在這兒洗衣裳啊！」

王有財前腳剛走，秦氏後腳就喊了幾個住附近的人，說自家男人不見了，拜託他們幫忙找找。

那些人有些摸不著頭腦，但都是鄰居，幫忙也是應該的，便開始四處去找。幾個人找到了河邊，就聽到樹叢後有男女的嬉笑聲。

「死鬼，你弄疼人家了。」

「哎喲，妳不喜歡？」

眾人一陣臉熱，秦氏大怒。「王有財！衛氏！你們這兩個賤人，給我出來！」

她抄起一根棍子就往裡面衝，樹叢後躲著的兩人立即慌了，這時王有財酒也醒了，瞧見眼前的女人，驚得不敢相信。「妳、妳是……」

女人提上褲子便與秦氏扭打起來，兩人打了半天，秦氏驚訝道：「怎麼是妳！」

她計劃得好好的，衛氏今日明明會在這兒洗衣裳，怎麼會?!

那女人是崔大山媳婦，原本她正蹲著洗衣服，忽然來了個男人從後頭摸她的臉，又大膽地摸她屁股，由於崔大山腿斷了之後，兩人便再也沒有同房過，崔大山媳婦心裡正不滿，這會兒被摸了幾下，就半推半就與喝醉了的王有財好上了。

兩人摸來摸去，親上親下，最後搞到了樹叢裡。

誰知道，秦氏帶了那麼多人來。

這下子丟臉丟大了，崔大山媳婦恨死了秦氏。

恰好這會兒衛氏也來了，她今日因為陪福妞做簪子，出來得晚了點，沒想到就碰上這事。

想想平時自己也經常一個人在這兒洗衣服，衛氏就覺得後怕。

那邊秦氏大罵道：「妳勾搭我男人，趕緊賠我銀子，否則我要妳好看！要妳全家都好看！」

崔大山媳婦不甘示弱。「妳男人欺負我，是你們該賠我銀子。若是不賠，我要你們王家臉面丟盡。」

兩個女人又扯又打，如同潑婦一般。衛氏搖搖頭，轉身回家去了，衣裳也決定在自家井邊洗就好了。

王家大房與崔家此番都丟盡了人，不少人在背後看笑話。

福妞一家倒是沒在意這些，畢竟與他們無關。

秦氏不僅沒得到好處，還被人笑話好久，實在後悔莫及，因此更加憎恨衛氏了。

不過，她很快就投身牛蛋考試的事情，無暇顧及其他了。

童試雖是科舉中最基礎的考試，但對大多數人來說並不容易。碧河村出的上一位秀才已經是十數年前了，牛蛋這次應試，秦氏抱著巨大的期待，忙前忙後，四處借錢。

王翠翠每逢外出都自豪得很。「我家牛蛋此番說不準就中個秀才呢！」

雖說大夥兒不看好牛蛋，但能去參加童試已經是一分難得的榮耀了，畢竟村裡哪有幾個孩子讀過書呢？

牛蛋如今還真的算是個讀書人了。

福妞見王翠翠到處張揚，嘴上雖然沒說什麼，但心裡在考慮一件事。

她回到家之後，吃飯不香了，做事也走神，衛氏很快就注意到了。她一邊幫福妞盛湯，一邊關切地問：「福妞，可是覺得天熱沒什麼胃口？」

福妞搖搖頭。王有正便問：「那妳是怎麼了？吃這麼少？妳想吃什麼，爹爹去買了讓妳娘做。」

齊昭也幫福妞挾了一顆蛋。「這個好吃，妳太瘦了，還是要多吃點。」

福妞想了想，鄭重開口。「爹、娘，我想讓小五去參加童試。」

三人皆是一愣，齊昭表情變化最小，但也覺得很意外。

他從未想過參加科舉考試，京城王府長大的人，比誰都清楚官場的險惡，普通人哪有那麼容易出頭。

有才之人若是運氣好，可以憑著才氣出人頭地；若是運氣不好，對手是個有錢人，那便只能認栽。

古往今來，多少才子被埋沒，科舉之路實在不公。

更何況，他也根本不需要考科舉。

可福妞眼睛亮晶晶的，滿是期待和肯定。「爹、娘，福妞覺得小五真的很厲害。若是他去參加童試，定然能中秀才，往後說不準還能中舉人呢！」

衛氏聲音有些低落。「妳說得也是，只是，供一個人讀書，實在不容易，我須同妳爹商議一番。」

福妞放下筷子，非常認真地說：「爹、娘，我來做簪子供他讀書。」

第二十章　齊昭應試

童生考試並不容易，首先報名就是個問題，要有此人詳細的身分來歷、祖宗三代的情況，還要有擔保人，上頭的人嚴格起來，還會把考生的老師、五人互結的同考者都調查一番。

齊昭身分尷尬，就算有銀子也不好打點，著實痲煩。

但福妞這般說了，王有正便也上心了。

「福妞說得對，牛蛋那樣的孩子都能去參加童試，小五更沒有問題，參加童試不需要花多少銀子，若能考中個秀才，也比尋常人日子好多了。小五，你無父無母，王叔這是為了你好，你若是不嫌棄，王叔便出去打聽一番，此事必定辦妥！」

齊昭不願意考科舉，一則費心費力，沒有什麼好處；二則他將來勢必會比考中狀元更厲害。

可他還沒來得及拒絕，福妞便憧憬道：「是啊，小五，你去吧去吧，我真的好希望你能考中秀才呀！」

如今京城不安穩，齊昭身子雖已恢復大半，算是正常了，但和其他人比起來還是偏弱，近幾年只怕都回不了京城。

生計是很大的問題，若真能考中秀才，這幾年日子說不準會好過一些。

齊昭思前想後，最終答應了下來。

王有正出去打聽了一番，倒是找著了關係，花些銀子幫齊昭偽造了個身分，成為父母雙亡的孤兒，獨個兒自成一戶。

村裡人見王有正這麼做，都覺得他實在蠢得厲害。

齊小五來路不明，他們不僅管吃管喝管治病，如今還供人家考功名，這不是傻嗎！

王家大房尤其憤怒，牛蛋可是王有正的親姪兒，牛蛋考試的銀子都是借的，王有正倒是有銀子供外人考試。

但二房的人如今強悍，大房的人也不敢惹，只能在背後唾罵幾句。

王有正帶著齊昭去了一趟縣城，把名報了。回去的路上，王有正大手拍拍齊昭的肩膀，說：「你也無須有負擔，盡力即可。」

他黝黑的臉看不出情緒，但齊昭深深明白，福妞一家都是好人。

這般赤誠之人莫說整個碧河村，就是放眼天下，也沒有幾個。

王有正有些疲累，但仍舊打起精神趕路。齊昭忽然說道：「王叔，您放心，您的苦心絕不會白費一丁點。」

童試之日很快就要到了，衛氏把齊昭的行李收拾好，衣裳、褲、襪、鞋子，都是衛氏做的，樣樣都乾淨整潔。

「這裡頭的東西你莫要丟了，尤其是食物和銀子。」衛氏細心叮囑。

齊昭看她這般慈祥，真想喊一句娘。

但最終，還是說道：「嬸嬸，小五知道了。」

臨行之時，福妞很捨不得，小五來到家裡約莫半年，她早已習慣這個人的存在，何況小五極好，只怕再尋不到第二個這般好的人。

她悄悄塞給他一只如意結。「你帶著，這是我親手編的，能保佑你一切順利。」

齊昭看著如意結，回想起上一世，他臨去京城之前，福妞也給了他一只如意結。

後來，有人刺了他一劍，奇怪的是，竟然被如意結擋住了，他立即反手還了那人一劍，對方死了，自己卻沒什麼大礙。

這一世又重見如意結，齊昭捏緊在手心裡。「我會盡快回來的。」

齊昭去縣城參加童試，雖然去去就回，但福妞一家子都覺得悵然若失，惦記得很。

碧河村離縣城有些遠，齊昭趕到縣城時已覺得乏了，還好包袱裡有吃的，他趕緊吃了一些，才恢復體力。

到了考試的地方，他不打算住客棧，就鋪了件衣裳在地上湊合了一晚。

第二日便是考試的日子，因為牛蛋也參加縣試，齊昭自然會遇見他。

齊昭對牛蛋印象非常差，上一世牛蛋就老愛欺負福妞，他教訓過牛蛋幾次，可王老太太非常偏心，無論什麼事情都能怪罪到福妞頭上。齊昭身子弱，也沒法子處處護著福妞。

這一世雖然和牛蛋接觸不多，但齊昭仍舊沒有好臉色。

只是，牛蛋主動湊了過來。

「野種，你還真的敢來考試？」牛蛋聽他娘說二叔一家把銀子都給了這個姓齊的來參加考試，就恨得牙癢癢。

齊昭瞇起眼。他現在身子並不好，力氣沒那麼大，一路上又累，若是打起來，定然打不過牛蛋。

「王牛蛋，若是你老實一些，將來我可以給你留個全屍。」

齊昭聲音又沈又冷，眼神看起來甚為可怖，牛蛋有些膽怯了。

但想到他娘的囑咐，還是從包袱裡掏出一把東西。「你威脅我？怕是先死的是你！雜種！我看你今兒如何考試。」

他揚手便將一把粉末往齊昭身上撒去，那是秦氏交給他的癢癢粉，撒到人身上，會讓人癢得打滾，哪還有心思寫文章呢？

牛蛋在心裡讚嘆這主意真是極好，他定然不能讓這個雜種花著王家的銀子考上秀才。

齊昭來不及躲避，正心道不好，忽然耳旁「呼」的一聲，不知哪裡來了一陣邪風，接著，那粉末盡數被風吹進牛蛋的臉上、眼裡。

牛蛋一愣，沒一會兒就癢得呼喊起來。

「好癢！好癢！救命啊！」

見牛蛋這般，齊昭撣掉身上沾染的少許粉末，淡定自若地進了考場。

等他出來的時候便聽說了，牛蛋因為身上太癢，一直又喊又撓，考不到一刻鐘便被轟了出去。

福妞在家等得心焦，她怕齊小五身子不濟在路上暈過去，又怕他獨自一個人遇到什麼危險，這天夜裡還作了噩夢，醒來的時候迷迷糊糊得只想哭。

都怪她，怎麼就偏要小五去考科舉呢？在家種地也沒什麼不好啊！

若是小五這回考不上，她絕對不會再逼他去了。

福妞揉揉眼，忽然外頭傳來一道熟悉的聲音。「福妞，我回來了。」

她一喜，鞋子都來不及穿，直接跑了出去。

齊昭風塵僕僕地，身上衣服都縐了，福妞趕緊接下他的包袱。「爹娘都下地去了，你餓了吧？怎麼連夜回來了？我去煮飯給你吃。」

小女孩鞋都沒穿便出來了，頭髮也有些凌亂，但眸子裡亮晶晶的。他瞧出來了，福妞是打從心底擔心他，而他，因為這種擔心而感到無比窩心。

廚房裡有衛氏留的飯菜，福妞才把飯菜端出來，就聽到秦氏帶著牛蛋殺了過來。

牛蛋哭得震天響，秦氏揮著刀，大喊。「姓齊的雜種！敢坑害我們牛蛋，今日我要你狗命！」

第二十一章 沒那個意思嗎？

福妞嚇了一跳，趕緊把碗盤放下，齊昭也瞬間站了起來，皺眉看著那對母子。

秦氏直接踢開圍欄的門，指著齊昭臭罵道：「你這個賤種！害我家牛蛋沒法考試，我們讀書那麼多年，都被你毀了，看我今日不殺了你！」

她舉著刀就要砍上來，福妞立刻衝過去擋住齊昭。

「快跑！」

齊昭心中一震，那可是刀，一把明晃晃的刀。上輩子他手下不知多少忠誠之士，關鍵時刻能挺身而出的卻屈指可數。

畢竟，誰的命不是命？誰不怕死？

可福妞小小年紀，非親非故，就這般擋在他身前。

齊昭力氣小，但身子敏捷，他抱著福妞趕緊躲，秦氏接連幾下沒砍中，牛蛋在旁邊大喊。「娘！砍死他們！砍死福妞，王家的東西便都是我的了，二叔家的牛車，您不是想要很久了嗎？」

這一家子果真都是噁心至極的人，福妞聽著心中憤怒得很。

秦氏是下了狠勁砍的，她砍不死福妞，難道還不能砍死這個無父無母的齊小五嗎？可她幾下砍不到，心裡便急了。

只見她腳下一滑，那把刀直接甩了出去，砍中牛蛋的腳。

「哇！娘！好疼！」

牛蛋大哭。秦氏心疼地趕緊想要起身去看，卻發現大腿似乎扭到了，好半天才爬起來。牛蛋腳上血流如注，秦氏更是恨得眼都紅了，再次撿起刀要去砍齊昭。

這回，齊昭上前一把踩住了她的手。

他雖身子弱，但怒急之下力氣卻不小，踩得秦氏一動也不能動。

少年穿著灰色衣衫，挺直地站著，腳下踩著秦氏的手，胳膊護著福妞，聲音冷淡。「妳信不信，我能廢了妳這隻手？」

秦氏怒罵。「狗雜種！你鬆開！」

齊昭是殺過許多人的，雖然大多不需要他親自動手，但什麼血腥場面沒見過，什麼殘忍手段不知道？

齊昭的腳一點一點地使勁，幾乎要把秦氏的手踩碎。

他聲音裡透著不容忽視的冷戾。「無知蠢婦，妳欺負我便罷了，若是再欺負福妞，當心我要妳一家的賤命。妳說得對，我無父無母，身無掛礙，即使殺了妳全家，對我來說也不過是小事一樁，記住了嗎？」

秦氏活了大半輩子，還沒遇到過真正讓她懼怕的人，可聽著這少年的話，卻忽然渾身冒冷汗。她的手疼得厲害，感覺都麻木了，只能含糊不清地求饒。「我知道錯了，知道錯了。」

半晌，齊昭捂住福妞的眼睛，鬆開了腳。

秦氏的手血肉模糊，牛蛋嚇得都不敢哭了，一瘸一拐地往外走，秦氏心有餘悸，也趕緊跟著走了。

齊昭把他們留下的刀扔了出去，回來時瞧見福妞傻愣愣地坐在那兒。他走過去蹲在她跟前。

「妳怎麼了？」他捏捏她臉蛋。

福妞有些不敢相信地抬眼看他。「你以後會殺人嗎？」

齊昭微微一愣，半晌，如實說道：「我不知道，如果必要的話，也許會吧。」

福妞從來沒有接觸過這種事，這讓她有些害怕。

可眼前的少年看起來溫和無害，哪裡像會殺人？分明還需要她保護和照顧。

齊昭眼底晦暗不明。「妳害怕了？是不是還有些討厭我？」

福妞急了，有些心疼。「不，我不怕，我知道方才你是為了保護我。可是，我不希望將來有一天你殺人，因為殺人是犯法的，會被砍頭的。齊小五，我希望你可以一輩子平平安安、健健康康，你知道嗎？」

原來她是這個意思，齊昭想到上輩子的自己。

就算是擁有無上的榮華和平安了，可他不開心。

「福妞，沒有妳，我就沒有平安和健康。所以，如果有人欺負妳，我絕對絕對不會饒恕他們。」

福妞心裡暖融融的。「你先吃飯，你還沒吃飯呢！」

兩人趕緊吃了飯，齊昭說起在縣城發生的事，福妞聽得入迷，也就忘了剛剛的不愉快。

可等王有正回來之後聽說了，勃然大怒道：「這個賤人到底想幹什麼？三番兩次來找我們的麻煩，我這便去與他們理論。」

衛氏猶豫了一下說：「我看就別去了，今日福妞和小五也沒吃虧，何況，方才我聽說翠翠去偷別人家的蛋被打了，如今他們家正鬧得不可開交，我們還是別去攪和了。惡有惡報，大房日子不會好過。」

王有正這才舒了一口氣。「福妞、小五，你們當真沒有受傷？」

福妞點頭。「他一直護著我，真的沒有受傷。」

接著沒兩日，地裡作物成熟了，福妞和齊昭一起下地幫忙收割。這一批作物是玉米和芝麻，雖然他們的地是自己在山腳下開墾的，但產量還不錯，收成後便能吃到新鮮的食物。

衛氏煮了一大鍋玉米稀飯，加了些冰糖，吃起來香甜可口。

此外，又做了芝麻紅糖餅，焦脆的餅皮撒了許多芝麻，裡頭的餡是紅糖，當真是可口至極。

至於菜嘛，因為院裡種了嫩南瓜，衛氏摘回來做了清炒南瓜，又用豆角燒了豬肉。

見家裡不缺飯菜，齊昭也不克制，一口氣吃了三碗粥。

福妞好奇問道：「你最近吃得好像變多了。」

衛氏怕齊昭多想，趕緊說：「家裡食物足夠，你們可得多吃點，才能長身體。」

王有正也點頭。「過幾日稍微涼快些，我和老田再上山一趟，到時若能打到些野雞、野兔，也可以給你們加餐了。」

衛氏提醒道：「相公，你不如等放榜之後再說，若是小五考上了，咱們家是要擺酒的。」

對於齊昭考試這事，不知道為何，大家都很篤定他能考上。

倒是齊昭自己不覺得。

他學問不淺，但各地考官素質參差不齊，許多人是按照自己的喜好來批閱考卷的，更何況若是有人拿銀子打點，那他就完全沒希望了。

因此，齊昭說道：「王叔、嬸嬸，此事還不一定，科舉之事誰都無法保證。」

衛氏笑盈盈的。「可嬸嬸瞧著，你就是當大官的命。」

這些日子以來，她越看齊昭就越是喜歡，又想到算命的話，心裡也忘記王有正提醒過家世的事情了，總想著齊昭和福妞一起長大，若是兩人互相喜歡，等齊昭功成名就之後，說不準還真能讓福妞過上好日子。

齊昭一笑，沒再否認。

吃完飯，齊昭站起來幫忙收碗，福妞則是起身去拿掃把。

忽然，王有正若有所思地說：「哎，小五，你似乎是長高了？怎麼瞧著比福妞還高了些？」

他來的時候身子瘦弱，還沒有福妞高，在王家養了大半年，身子好了許多，臉上也有肉了，不知不覺，個子倒是真的長高了。

上輩子齊昭是過了兩、三年才比福妞高的，後來更是越長越高，跟他一比較，福妞就顯得很嬌小。

「真的嗎？王叔，我長高了？比福妞高？」齊昭素來都十分淡定，此時卻開心得眼睛都睜大了。

王有正和衛氏再三比較了一番說道：「的確是高了，男孩長得慢，你原先沒有福妞高，可之後會越來越高的。」

衛氏也道：「怪不得我總覺得你的衣裳又短了，竟是我粗心了，嬸嬸再幫你做件新衣裳。」

齊昭高興得很，面上都是笑意。他幫著去洗碗，福妞也跟去廚房。「我來洗吧，你去看看書。」

整個村裡沒有男孩做家務的，也就齊小五什麼都願意做，從來不抱怨。

齊昭看了看福妞的手，說：「妳的手太嫩了，在旁邊瞧著就是了，我洗。」

他俐落地挽起袖子洗了起來。

福妞好奇地看著他。「為啥長得比我高你這麼高興啊？上回對對聯贏了那麼多銀子，我都沒見你笑成這樣。」

齊昭瞥她一眼。「妳想知道？」

福妞是真的好奇。「當然想知道。」

「因為長得比妳高，我就是妳哥哥。」

福妞瞪大眼睛。「哪有這種說法，你是我弟弟，比我年紀小，就算再高，也還是我弟弟呀！」

齊昭瞬間拉下臉，從盆裡舉起油膩膩的手嚇唬她。「王福福，說了多少次了，我不是妳弟弟。我如今比妳高，妳該喊我哥哥！」

福妞不甘示弱道：「我二月初一出生，你二月二十九，怎麼算你都是弟弟。」

這讓齊昭恨得牙癢癢，他才不願意做什麼弟弟。

可是，他怎麼就偏偏比福妞晚出生一個月呢！

「再嘴硬，我便把油塗妳臉上。」齊昭哼道，一雙手伸到了福妞面前。

可福妞卻不怕，她也哼道：「那你塗呀！」

她把臉湊過來，閉上眼，就那麼近距離地站在齊昭面前。

福妞還有幾個月便十三歲了，正是脫胎換骨成為少女的年紀，幾日不見都能讓人覺得她變得更漂亮了。

巴掌小臉上，鼻子、嘴巴都秀挺精緻，唇色宛如嬌嫩的桃花花瓣，皮膚細膩清透，彷彿上好的羊脂玉，睫毛很長，一顫一顫的，齊昭心裡的弦砰地一聲斷了。

他靈魂是個成年人了，上一世從未碰過其他女人，為了福妞隱忍了這麼久，此刻不覺神思混沌起來。

可是，福妞才十二歲。

他必須、必須，再忍耐幾年。

少女的清香和嬌嫩，像是春日裡風一吹就碎的花兒。齊昭屏住呼吸，久久沒有說話。

福妞忽然噗哧笑了出來，睜開眼睛。「我就知道，除了爹娘，你是對我最好的人！你才捨不得弄髒我的臉呢。」

見她這般調皮，齊昭也一笑，低頭繼續洗碗。「妳說得對，我是捨不得。」

但總有一天，他會捨得，狠狠地欺負這個小壞蛋。

福妞在旁邊閒著沒事，便拿起抹布擦灶臺，一邊擦一邊說：「等一會兒，我們去後山瞧瞧吧，山上長了好多酥梨。」

齊昭心不在焉地答。「嗯。」

忽然，他冷不防地問：「福妞，妳想嫁個什麼樣的人？」

福妞一愣，有些害羞。「你問這個做什麼？」

「就是問問。」他慢條斯理地擦著手裡的碗。

福妞心臟跳得亂七八糟。「不知道，我不嫁人，一輩子守著爹娘。」

「是嗎？村裡那麼多想要娶妳的男子，妳一個都看不上？」

福妞想了想，說：「我都不想要。」
「為什麼不想要？」齊昭盯著她看。
福妞也不知道，無辜地眨眨眼道：「我就是不想要，我也不知道為什麼。」
她還小，或許根本不明白這些，齊昭想了想，還是算了。

又過了半個月，碧河村忽然人人奔相走告，說是出了一件大喜事。
原來是縣裡來人了，且是官家的人，那人直接到了福妞家，大家圍過去一瞧，才知道福妞撿回去的小子，竟然考過了縣試。
這簡直是晴天霹靂！
誰不捶著胸口後悔沒把那孩子撿回來？
接下來，齊昭又考過了府試，成為童生；再參加由各省學政、學道主持的院試。
不多久，齊昭通過院試的消息也傳回碧河村，碧河村真的出了個少年秀才。
這對齊昭來說不算什麼喜事，秀才而已，他五歲都能考上了。
可見福妞一家高興，他也高興了起來。
因為福妞家出了秀才，一夜之間似乎也多了非常多親朋好友，人人都來湊一腳，想跟秀才拉攏關係。

不少人往福妞家送東西，雞啊、魚啊、肉啊、糧食啊之類的，王有正和衛氏本身就不擅長客套，一時之間也沒能拒絕，最終決定，那就辦酒吧，請大夥兒吃一頓。

王有正沒有兒子，還沒辦過酒席，如今為齊昭辦酒，倒也體會到了身為長輩操辦宴席的滋味。

人人都羨慕王有正，家裡出了個秀才，這秀才無父無母，以後再怎麼樣，也不會完全不管王有正的。

有人便說，是王有正兩口子傻人有傻福，救了個快死的小子，誰知道他就考中了秀才呢？

也有人說，興許老王家真是有讀書人的命，只是這好命沒落在牛蛋身上，反倒落到了二房撿回來的孩子身上。

至於牛蛋，考試中途被轟了出來，自然沒考上。

這方圓數百里，也就考上了齊昭一人。

王有正得足了面子，在村裡腰桿挺得更直了，其他婦人對衛氏也相當尊敬，都羨慕到不行。

接連許多日子，王家都處於一種非常熱鬧的狀態，見自己中了秀才為大家帶來這麼多喜悅，齊昭思考著要不要再考個舉人，反正，他目前也沒有特別重要的事情要做。

參加鄉試，還能考察當今全國上下科舉的情況。這樣想著，齊昭便時不時開始看書。

此時，王有正也提出要讓他去縣城讀書。

「有一位先生說知道咱們家窮，可以免費收你為學生，咱們只需要買書和負責盤纏、飲食，我和你嬸嬸想了想，你不如就去縣城讀書吧。」

齊昭就算再厲害，自己一個人看書，哪能看出什麼名堂呢？

但齊昭輕輕一笑。「王叔、嬸嬸，你們相信我，我自己可以的。」

縣城的老師，他考試時是見過的，略微迂腐固執，與他秉承的讀書之道並不相同。

他上一世讀了一輩子的書，哪個老師能比他厲害？

福妞帶著崇拜的眼神看著他說：「你可真厲害呀！不知道怎的，我就覺得你鄉試也能中。」

齊昭彈了下她的小腦袋瓜。「說不準妳就感覺對了。」

他這幾日在教福妞打算盤，算數和作詩比起來，福妞覺得算數實在是太難了。

但她不怕難，還是老老實實地跟著齊昭學。

奇怪的是，齊昭給她出的題目都讓人無法理解。

比如，要她算一戶人家裡，每個人的月例銀子加在一起是多少，又讓她算各個等級的丫鬟分別應該給多少月例銀子，什麼官職的大人該送多少銀子的禮。

福妞好奇問：「我學習這些做什麼？難不成將來我會去大戶人家做管家？可是管家不都是男的嗎？」

齊昭淡然一笑，拿著筆在紙上龍飛鳳舞。「妳只管學，會有用的。」

好吧。福妞托著腮，纖細白嫩的指尖繼續撥算盤。

轉眼要入冬了，齊昭不知道怎的，吃得越來越多，個子也越來越高。幸好衛氏有先見之明，為他做的衣裳都稍微長了一點，到了冬日，穿起來竟然正好。

不知不覺，齊昭比福妞高了半個頭，福妞走在他旁邊覺得自己矮了許多。

「齊小五，咱們都吃一樣的東西，怎麼你長這麼高？」福妞仰頭看他。

其實，她也長大了。不知不覺中，胸脯越發飽滿，身子開始凸凹有致，神韻中不再只是小女孩的清純，還帶有即將成熟的水蜜桃一般的甜美，若是再長些，水蜜桃熟透之時，不知多少人會想摘下來一品香甜。

齊昭低頭看她，含笑道：「我是哥哥，自然要長得高一些。」

福妞趕緊說：「我是姊姊！你是弟弟！」

齊昭不急不緩回道：「我比妳高，我是哥哥。」

兩人爭執半晌，福妞哼了一聲，轉身就走。

他們是來菜地摘蔥的，這會兒才剛下完雨，地上有些泥污，福妞一邊走，一邊小心不讓泥土沾到自己鞋上，可這裡都是泥巴路，哪能避免得了？

她有些懊惱，身子卻瞬間騰空。

齊昭把她抱在懷裡，道：「我抱著妳走，這樣便不會弄髒鞋子了。」

福妞臉上微微發紅。「嗯，那好吧！」

齊昭走得穩穩當當，但心跳卻如擂鼓一般。福妞皺眉說：「為什麼你胸膛裡聲音這麼大？」

少年故作鎮定，心跳卻一聲大過一聲。他緩緩說：「因為怕妳摔了。」

因為，她是他的全世界。

他抱著全世界，心跳聲能不大嗎？

兩人走到家裡旁邊的小道上，因為小道被王有正鋪了碎石子，因此沒有泥巴，福妞便趕緊下來了。

兩人走到門口，就聽到裡頭傳來歡笑聲。

見齊昭回來了，衛氏趕緊說：「小五、福妞，你們回來了？快，喊趙大娘。」

堂屋坐著個女人，大約四、五十歲，穿著打扮一看就像是媒婆。

趙大娘瞧著齊昭，喜從心來，站起來拍手說道：「哎喲，這便是我們的秀才老爺吧？長得可真是一表人才呀！難怪沈家小姐指名要我來說親呢，哈哈哈。」

衛氏笑得有些勉強。「沈小姐也是標致人兒，都說她小小年紀就出落得極為美貌，家中又富庶，的確是不可多得的好人家。」

方才媒婆來的時候也傳話了，若親事能成，沈家表示願意出錢讓秀才老爺去學館讀書、考舉人，一應花費都算他們的。

沈家是做生意的，家境比王家好了不少。

衛氏自認沒有權利替齊昭拒絕，便問道：「小五，你覺得如何？嬸嬸只能幫你看看，最後還要看你自己的意思。」

福妞聽到媒婆提沈家，便問：「是沈家的沈靜娥嗎？」

媒婆笑得燦爛。「是呀是呀！沈靜娥可是個好姑娘，秀才老爺，我們這方圓數百里，上哪兒找比沈靜娥更好的女孩子呀？要我說，您就點個頭，我幫您去辦。沈家不要彩禮，閨女嫁給您，嫁妝還豐厚得很，這樣的好機會，可不多。」

齊昭黑著臉。這人如蒼蠅一般，當真是煩透了。

「我暫時沒有娶妻的打算，何況我才多大年紀？」

媒婆笑得訕訕的。「秀才老爺，您年紀是不大，可沈家的意思是先成親，圓房過幾年再說呀。」

先成了親，將來齊昭考中舉人，那沈家就占了大便宜了。

雖然說沈家的心思很明顯，但依齊昭現在的狀況，和沈家訂親還真是齊昭占便宜，畢竟有錢走遍天下，沒錢寸步難行。

衛氏心中不願，嘴上卻沒說，因為無論從哪方面來看，沈家對齊昭來說都是個不錯的選擇。

媒婆還在說著，齊昭忽然道：「我不願意，您請回吧。」

「哎呀，秀才老爺當真是年輕啊，這這這，衛氏，妳也勸勸。還有，福妞啊，勸勸。」

福妞有些懵，她曾經見過沈靜娥一次，是個非常溫柔嫻靜的女孩，生得也漂亮，的確是好姑娘。

「小五，不如你考慮考慮？沈靜娥的確很好……」福妞還沒說完，就瞧見齊昭冷冷地看著她。

「妳說什麼？」他藏在袖子裡的手握了起來。

福妞說這話，就代表對他沒有一丁點那方面的意思。

她的確還小，但家裡也在為她物色適合的男子了，所以，她當真對他沒有任何想法？

福妞有些摸不透他的心思，老實地說：「我說，沈靜娥真的不錯……」

齊昭冷笑一聲。「是嗎？」

他轉身就走，回了自己屋子。

這是齊昭頭一回生氣，衛氏也覺得莫名其妙，但隱隱有感覺到，小五會不會是因為福妞才生氣的？

這一日，齊昭中飯和晚飯都沒吃，福妞喊他吃飯，他就說沒胃口，不想吃。

衛氏心裡越發明白了，只怕這孩子是在鬧彆扭。

「福妞，他不想吃，妳便隔一會兒去問一次，總不能讓人家餓肚子。」

福妞苦惱至極。「他到底怎麼了嘛！」

她心裡還是擔心齊小五的身子，便端著飯碗來來回回好幾趟，總算問出口了。「你到底怎麼了？你在生氣？」

齊昭坐在案前寫字，手中的筆一頓。「妳總算看出來了？」

「那你在氣什麼啊？」福妞很好奇。

齊昭說不出口，悶悶地「呵」了一聲，說：「我閒著無聊，生一會兒氣，氣自己沒出息。」

「可是你已經很有出息了呀！所以，沈靜娥才……」

齊昭瞇起眼。「福妞。」

語氣森冷，福妞聽到一愣。「啊？」

「我想休息一會兒。」

福妞立即點頭道：「那我出去了。」

齊昭放下筆，在床上躺了一會兒，想了許多。他真希望時間可以快一點，等到時機成熟，便可以殺回京城、報仇雪恨，然後名正言順地娶福妞。

不必這般……晦暗地把心思隱藏起來。

不敢說，不能說。

近在眼前，卻什麼都觸不到。

他閉上眼，不一會兒便睡著了，卻夢到上一世著人從井底打撈起來的屍身，完全看不出原本的面貌，他跪在那屍身旁邊哭。

夢中的場景讓齊昭痛徹心扉、渾身顫抖，卻怎麼都醒不過來。

因為已經是冬日了，天黑得早，福妞端著飯碗再次推門進去的時候，發現齊昭睡著了。

她喊了幾聲，齊昭都沒醒，福妞伸手一摸，摸到齊昭額上發燙，似乎是發燒了。

齊昭自幾個月前恢復得不錯了之後，咳嗽都很少了，近兩個月藥也停了，忽然間又發燒，福妞擔心得很，趕緊去喊了爹娘。

衛氏趕緊煮了藥，福妞幫忙餵了下去。

這一夜大家都沒睡好，還好第二日齊昭便退燒了。

福妞自責得很，早上端粥給齊昭吃，還愧疚地說：「都怪我，若是我沒有惹你生氣，你也不會生病了。」

她端著碗餵齊昭吃粥，齊昭笑了笑道：「妳知道錯了就好。」

福妞小心地看著他。「那我以後不惹你生氣，你能不生病了嗎？你一病倒我都要被嚇死了。」

「行，但是我有條件。」齊昭慢慢說道。

「什麼條件啊？」

「往後莫要在我跟前提起別的姑娘，這世上的姑娘，除了妳，我都討厭。」

福妞有些不解，但還是點了點頭。「我答應你。」

所幸，齊昭也就燒了這一回，之後又無大礙了。

這一年冬日，王有正和田明康又進山一趟，兩人此番沒有打到什麼大獵物，但野雞、兔子還是有抓到一些，也算是不錯了。

王有正賣掉了幾隻野雞和兔子，留了兩隻打算過年吃。

從十二月初就開始天降大雪，想到齊昭原先身子極弱，福妞便不許他出門，生怕凍著了他。

衛氏擔心福妞，也不許福妞出門，兩人在家裡幾乎關了一整個冬天。

這日一早起來，衛氏和王有正要去鎮上採買，福妞便眼巴巴地望著外頭的皚皚白雪，心裡發癢。

今年她還沒有出去玩過雪呢。

院子裡的雪被王有正掃乾淨了，但院子外頭白雪茫茫，美得動人心魄。

福妞正猶豫著要不要出去，齊昭走到她身後說：「去看看雪吧。」

「可是你的身子……」

齊昭握住她的手。「妳覺得我身子還不行嗎？」

少年的手很熱，哪裡像是病弱的人，他被衛氏每日精心調理的飲食養了那麼久，身子的確很不錯了。

福妞眼睛閃閃發光。「好，那咱們出去玩一會兒。」

兩人穿好了棉襖，圍了圍巾，拿著鏟子出門打算堆個雪人。

福妞很喜歡雪人，她堆的雪人簡簡單單，卻一連堆了好幾個，白胖的雪人站在那裡，瞧著十分可愛。

但她一回頭，就瞧見齊昭竟然在堆院落。

他堆了一座庭院，庭院裡亭臺樓閣齊全得很，像是非常富庶的人家。

「哇，這是誰的家？」福妞蹲下去，看著這麼漂亮的一座院子，眼睛都直了。

她去鎮上時也見過大房子，可現在看齊昭堆的庭院，更是氣派十足。

錯落有致的院子，大門上似乎還掛著牌匾和燈籠，每一處房簷上都雕了花，原本雪就很美了，這會兒被齊昭弄成了冰雕一般，更是閃亮得讓人目不暇給。

「這是天上才有的仙宮吧？」福妞嘀咕。

齊昭忍俊不禁。「這院子並非仙宮。」

「那是什麼？你住過？」福妞問。

齊昭自然住過，他沒有答話，而是問：「妳想住嗎？」

福妞老實地點頭，腦袋上的兔毛帽子也跟著點啊點。「想。但是，也只是想想罷了，我住咱們家的竹屋也很舒服。跟爹娘和你在一起，比住什麼大房子都好。」

但她低頭細細觀賞那漂亮的院子，還是嘆息道：「若今生有幸帶爹娘去住住這樣的屋子就好了。」

她說著說著，忽然道：「等開春之後，我要做更多的簪子，賺大錢！」

齊昭見她這般可愛，心裡暖意融融。「妳會住進去的，妳爹娘也都會住進去的。」

他望了望無邊無際的大雪，保證似的說道：「福妞，我會給妳一整個天下。」

福妞沒聽清，轉頭看他。「你給我啥？」

齊昭抿了抿嘴。「沒啥。」

兩人正說著話，忽然，崔惜帶著幾個小孩朝這邊走了過來。

想到自己在福妞和齊昭面前丟的臉，崔惜記恨了許久，如今看他們在這兒玩得高興，便忍不住要搗亂一番。

她做了個很大的雪球，直直地朝著齊昭堆砌的最高的那一座樓砸了過去。

那樓原本就是雪堆起來的，被這麼一砸，瞬間塌陷。

漂亮精緻的雪樓，此時一塌糊塗，再也沒有什麼美感。

福妞急壞了。「崔惜妳幹什麼！」

崔惜一臉抱歉，假意道：「對不起啊福妞，我不是有意的，我們幾個拿雪砸來砸去，誰知道就砸到了妳的東西呢。」

她這麼一道歉，福妞似乎便不能生氣，可她卻很委屈。

道歉能讓雪樓變回原樣嗎？

不能。

福妞正要去找崔惜理論，忽然被齊昭拉住了手，他暖乎乎的大手握緊了她的小手。

齊昭朝崔惜一笑。「妳身上這襖子真漂亮。」

崔惜受寵若驚，一下子喜了。「是嗎？這是我表姊給我的舊衣裳。」

她沒想到齊昭會誇自己，如今齊昭不僅生得高大俊朗，還是秀才老爺，哪個女孩見了不傾心呢？

齊昭向她招招手。「妳過來，我有話與妳說。」

崔惜有些害羞，也有些興奮，她朝齊昭走過去，站定。「你要說什麼啊？」

「我要說，妳真是個蠢貨呢。」齊昭一腳把她踹到了那堆垮掉的雪樓上。

崔惜臉朝地，摔得很慘，氣喘吁吁地爬起來，怒道：「你幹什麼！」

福妞躲在齊昭身後，齊昭無所謂地說：「對不住了，腳滑。」

其他小孩哈哈大笑，福妞也忍不住笑了起來。

崔惜摔得渾身是雪，丟盡了臉，加上她家裡這一年來出了那麼多事，對福妞一家的怨恨幾乎達到了頂點。

她爹癱瘓，她娘與福妞大伯私通，村裡人都在看他們崔家的笑話，眼下她還被福妞欺負。

崔惜抓起一把雪就往福妞身上砸去。

崔惜的動作又快又狠，福妞還來不及反應，齊昭已經一把將她拉到自己身後，而那一大把冰涼的雪，盡數砸到了齊昭身上。

崔惜如同瘋了似的，不斷朝齊昭身上砸雪，一邊砸一邊哭道：「都怪你們！都怪你們！我再也嫁不了好人家了！」

第二十二章 福妞的好運

崔惜還要鬧，齊昭騰起一腳，地上的雪瞬間被踢飛，砸到崔惜的臉上，刀割一樣地疼。

「除了福妞，沒人有資格在我面前這般。」

若是福妞往他身上砸雪，別說是這點雪，就是劈頭蓋臉的雪，那又如何？

崔惜抬頭瞧見齊昭森冷的目光，內心一抖，不敢再撒潑，只能起身踉踉蹌蹌地抹著眼淚走了。

其他孩子也一哄而散。

福妞心疼地為齊昭擦臉上的雪。

「疼嗎？」

他抓住她的手。「不疼，妳的手莫要再露出來了，小心冷著。」

福妞有些懊惱。「當初救你，她便冷言冷語，不知道為什麼，她似乎看我怎樣都不順眼。」

「那是因為她又蠢又壞，妳無須自責。我的福妞，是世上最好的。」齊昭微微一笑。

他穿著一件月白色的長棉襖，圍著灰色的圍巾，面龐清冷如玉，一笑起來宛如明月，讓福妞心裡慢慢舒服了。

兩人牽著手又去摘梅花。

山腳下有幾株白梅樹，開出來的梅朵小巧可愛、清香撲鼻，齊昭摘了幾枝梅花遞給福妞，福妞接過來聞了聞，滿心歡喜。

「冬日雖然冷，但也有這樣的情致，只可惜沒有人會畫畫，若是能把這梅花畫下來便好了。」福妞感慨。

她跟齊昭學了不少詩詞歌賦，不知不覺也多了許多雅興，瞧見什麼都覺得美。

「回去我幫妳畫。」

得知齊昭竟然會畫畫，福妞驚訝至極。

兩人拿著梅花回去，齊昭當真拿起筆在紙上揮灑幾下，筆觸雖然寂寥，但那躍然紙上的白梅形象還是讓福妞喜歡極了。

「那，你會畫人嗎？」福妞問。

「當然會，只是比較費工夫。」

「那你教我畫人好不好？我想畫我爹娘。」

齊昭一笑。「這倒是個難題，畫畫學起來可比寫字難多了，妳若是想要，我先畫一幅出來。」

福妞點頭。「那自然是極好。」

齊昭說畫便畫，不過兩、三日，一幅王有正和衛氏的畫像便完成了。

他畫得栩栩如生，王有正和衛氏瞧見都大吃一驚！

「小五，你還會畫畫？」

齊昭輕輕一笑。「幼時曾跟師傅學過，倒是不怎麼精通。」

「都畫得這般好看了，還不叫精通？」

王有正越看越覺得佩服。

衛氏也喜歡到不行。

像她們這樣的女子，哪裡會有銅鏡可用呢？不過都是臨水一照罷了，如今見自己躍然紙上，這種感覺真有說不出的新奇。

衛氏小心地把畫收藏起來，生怕弄壞了。

轉眼又要過年了，這一過完年福妞便十三歲了，齊昭與她同年，自然也是十三歲。

出了正月天氣便暖和了，二月初一是福妞生辰，雖未大辦，但衛氏倒是做了幾道好菜，還為福妞做了新的衣裳。

齊昭沒什麼可送的，便贈予福妞一首詩；待他生日那天，福妞也回送他一首詩。

兩人都把詩藏在了枕頭底下。

日子波瀾無驚，齊昭每日讀書，福妞也跟著讀書寫字、做做簪子。

王有正拿著妻女做的簪子去鎮上，每次都賣了不少錢，不僅能維持日常花銷，還能有剩。

三月初，村裡傳來一個消息，說是崔惜嫁人了。

崔惜只比福妞大一歲，福妞有些好奇。「娘，她嫁到哪家啊？」

衛氏想了一下，答道：「說是嫁人，實際是賣到城裡給人家做妾。崔家如今艱難得很，崔大山癱瘓在床，無人養家，崔惜她娘只能賣女兒。」

做妾受人控制，不知道要吃多少苦，興許哪日命都沒了。

福妞也是有些意外。

崔惜一向自命不凡，真沒想到會成為別人的妾。

但一想到崔惜那不討喜的性子，福妞便也對她沒有什麼憐惜。

衛氏更是覺得崔大山一家都是活該，當初崔大山口出狂言說福妞只能活幾個月，始終是她心頭的刺；後來那次上山，王有正差點出事，說不準就是崔大山計劃的。

幸好老天爺有眼，最終還是讓崔大山被狼咬斷了腿。

從今以後，若是崔家不招惹他們，他們也不會去管崔家過得如何；但若是崔家人再敢陷害他們，衛氏心道，她也不會任人拿捏的！

鄉試三年一回，齊昭若想參加鄉試，還要再等兩年，到時他十五歲，若能中舉，正好借此殺回京城。

但齊昭心中也另有打算，他不希望自己孤身一人回去，而是想在回京城前便賺足銀子，帶著福妞一家離開這裡。

只是賺錢不易，他一時之間也沒有什麼很好的計劃。

齊昭寫了幾幅字讓王有正帶去鎮上賣，可小鎮上附庸風雅之人並不多，這樣的字也不大好賣。

最終，便罷了。

雖說齊昭未找到什麼賺錢的法子，但卻發現福妞身上自帶一種奇特的好運氣。

比如兩人一起出門，隨便做些什麼，都能撿到好東西。

有時是撿到好吃的野果子、成色好的野菜，有時則是撿到銅板，這在別人身上幾乎是不可能發生的事情。

甚至是家裡種的菜，只要福妞碰過的，都長得特別好。

今年種的黃瓜福妞幫忙照顧過，結果那一片黃瓜長得特別好，才五月初就結實纍纍，吃起來香脆可口。

最奇怪的是，這片黃瓜像瘋了似的生長，一條瓜藤上結得密密麻麻的，每天都有新成熟的瓜，一家子根本就吃不完。

最終，王有正乾脆帶著福妞和齊昭摘了瓜一道去鎮上賣。

這才五月，黃瓜就是稀罕物，馬上便被一搶而空。

接連一個月，光是賣黃瓜就賺了不少錢。

因為黃瓜吃不完，衛氏摘了不少送給關係好的鄰里，但秦氏一家自然是不送的。

王翠翠瞧見了，心裡很不是滋味，回家添油加醋道：「娘，咱們都是姓王的，二嬸實在是太過分了，胳臂往外彎。」

牛蛋聽到有吃的沒給自己，心裡自然不服氣。「娘，那都是屬於我的東西，憑什麼給別人！」

見姊弟倆一唱一和，秦氏心裡更煩了。

「我如何不想要？他們不給，我還有什麼法子？那個姓齊的雜種下手尤其狠，難不成我們毒死他們？」

她的手被齊昭踩得血肉模糊，至今都還使不上勁。

王翠翠走過來低聲說：「娘，奶奶如何死的，您還記得嗎？」

第二十三章　再次下毒

秦氏自然記得王老太太如何死的，那是她親手下毒弄死的。

「妳是說……」秦氏沈吟一番，心中開始計劃起來。

但王老太太是因為年紀大了，所以神不知鬼不覺的，無人懷疑；可福妞一家都不是年邁之人，平日身體也健康，若是忽然死了，難道不會有人懷疑嗎？

王翠翠勸道：「娘，撐死膽大的，餓死膽小的，咱們若是繼續這樣下去，牛蛋徹底不能讀書了，家裡食物也不夠，咱們遲早活活餓死啊！」

說得對極了，秦氏沈默了一瞬，咬牙說道：「容我想想。」

沒兩日，秦氏便想到了法子。

當初毒死婆婆的藥還在，她只需要把藥加進福妞家附近水井打水的桶裡，那麼福妞一家便能盡數吃到，只是她手上剩的藥不多，得再添購一些。

秦氏咬牙，把才存了不久的蛋拿去賣了，買了一大包藥。

這一日，她趁福妞一家到鎮上賣黃瓜，趕緊去了那附近的水井，往桶裡倒了大半包藥。

這邊離村裡有些距離，所以平常沒什麼人經過，秦氏下完毒便趕緊走了。她沒料到這一切都被崔大山媳婦看個正著。

這兩人自從前陣子在河邊打了一架後，梁子算是結下了。崔大山媳婦是來福妞家菜園偷黃瓜吃的，見秦氏鬼鬼祟祟，心裡便有了主意。

她想，不如把這事告訴衛氏，還能拉攏一下關係，說不準衛氏還會給她謝禮呢。

崔大山媳婦決定好，便站在那兒等福妞一家回來。

今日王有正帶去鎮上的一車黃瓜又賣了個好價錢，一家子從鎮上買了些好吃的，便樂呵呵地回來了。

幾個人都熱，正想打點井水上來喝，崔大山媳婦喊道：「哎！這水可不能喝呀！今日秦氏不知往水井裡下了什麼東西，你們快瞧瞧。」

幾個人都是一驚，趕緊將打水的桶子提上來，一瞧，便瞧見桶子邊緣的確有些粉末，不仔細看還看不出來。

再聞聞水味，沒有太大變化，但衛氏嗅覺靈敏，還是聞到了一股淡淡的酸味。

「這水不對。」衛氏蹙眉。

王有正握拳道：「這個賤人！咱們找大夫認一認，看看這裡頭下的到底是什麼。」

崔大山媳婦見他們這般，心裡得意起來，趁他們不在，又去菜園裡摘了一堆黃瓜，兜著回家去了。

但她覺得不夠解氣，特地跑到秦氏家附近，恰好秦氏有事出來，崔大山媳婦便陰陽怪氣地說：「妳是不是在福妞家旁邊的井裡放東西了？可真是陰險，那可是妳男人的親弟弟啊！妳等著人家來教訓妳吧！」

秦氏一驚。「妳這個賤婢，胡說什麼？我何時做過？」

崔大山媳婦冷笑道：「是否做過妳跟我說沒用，等官府來抓妳吧！」

崔大山媳婦的話讓秦氏十分驚慌，回到家中左思右想，越想越害怕，趕緊去了一趟娘家。

她娘聽說了之後，叱罵道：「妳也是個蠢貨！做事情竟然如此不當心！」

秦氏哭道：「娘，我也不想如此，可事情就要被發現了，我該怎麼辦呀！牛蛋還小，不能沒有我呀！」

她娘邁著小腳來回走了幾圈，忽然說道：「前幾日我聽說縣衙的主簿大人想娶一位年輕的側室，只是他又黑又醜，無人願嫁給他，若是實在沒有法子，妳把翠翠嫁給他，不要一分彩禮錢，或許行得通。」

雖然秦氏還想用王翠翠換點彩禮呢，但若是真的萬不得已，也只能如此了。

秦氏左思右想，心中始終不安穩。

王有正幾人直接去了附近一位大夫家裡，把這事一說，再將那桶水遞上去，大夫瞧了瞧、聞了聞，說道：「這不就是毒老鼠的藥嗎？這藥毒性沒有那麼猛烈，吃了之後會讓人慢慢陷入昏睡，最後再悄無聲息地死掉，前幾日碧河村的一位婦人才來買過。」

王有正忍住內心的狂怒，問道：「那婦人可是個子不高、面龐發黑，長著個方臉？」

「正是，怎麼，你們認識？」

王有正恨不得殺了秦氏，從大夫家出來，他便怒道：「咱們這就回去，今日必要讓她知道我的厲害！一次次爬到我們頭上，我看她是活膩了！」

衛氏和福妞也很氣憤，但都知道衝動行事恐怕不妥，何況，此事似乎不是那麼簡單。

福妞忽然想起了什麼，問道：「爹、娘，當初咱們分家之後不久，奶奶便死了，我聽聞她便是日日昏睡，直到有一日不行了。難不成，奶奶的死也有蹊蹺？」

此話一出，其他幾人也都覺得只怕真的是這樣。

王有正脖頸上青筋爆出。「娘一直待他們一家極好，把所有的好東西都給他們，他們竟然如此禽獸不如！難不成整個王家都要成為秦氏的砧上肉？這等下賤之人，我今日必得殺了她！」

衛氏急得拉住他。「相公，你殺了她，難道你不用負責？」

齊昭也趕緊勸道：「王叔，衙門的職責是秉公辦案，雖說王老太太已走了快兩年，但只要咱們去報案，他們必得徹查。咱們不如先回去計劃一番，再去衙門報案。」

福妞也道：「爹，娘和小五說得對，您不能衝動。」

王有正這才壓下怒氣，大夥兒回去商量了一番，把事情梳理清楚了，第二日便到縣衙去報案。

命案是必須徹查的，依照齊昭的印象，朝廷上下都不能忽視命案，縣丞雖是小官，但也具有一定的查案能力。

但福妞一家到了縣衙門口，擊鼓半日，縣丞才懶散地出來了，還不高興地望著他們，問：「來者何人？所為何事？」

王有正正要開口，忽然，秦氏不知從哪裡冒出來了，往地上一跪便開始哭。「青天大老爺啊！民婦要狀告衛氏因妒殺害我家婆母，此事雖然已經過去兩年，但我證據確鑿，人證、物證俱在，還請青天大老爺還我婆母一個公道！」

衛氏驀地睜大眼睛，不敢置信地看著她。「妳血口噴人！明明是妳毒害了婆母，為何誣陷我？秦氏，妳當真是無恥至極！」

秦氏冷笑著看她。「我有證據，妳有嗎？」
她這副樣子，真讓王有正想打她，王有正再也忍無可忍，站起來就要衝過去。
福妞趕緊一把抱住她爹的腿。「爹！公堂之上，咱們相信朝廷，相信縣丞大人。」

第二十四章 王家大房垮了

見福妞一家還等著縣丞大人做主，秦氏簡直要笑死了，她喊來的兩人，都是村裡相熟之人，與她有交情的。那兩人作證說曾經瞧見衛氏詛咒婆婆，還說瞧見衛氏偷偷給婆婆下藥。

衛氏氣得嘴唇發白。「你們血口噴人！我何時詛咒過婆母？又何時下過藥？」

秦氏得意一笑。「妳自然不會承認，咱們且看縣丞大人如何處理吧。」

縣丞早已和主簿商議好了，不耐煩地說：「既然有證人，那便是衛氏殺人，來人，把衛氏拖下去，打入大牢。」

這簡直荒謬！

王有正立即護住衛氏，福妞也沒想到，堂堂青天大老爺，竟然如此不分青紅皂白！幾個衙差正要上來拿住衛氏，齊昭忽然「呵」一聲。「這便是縣丞的斷案之法？」

縣丞瞇起眼。「你多管什麼閒事？本官如何斷案，還需要你來管？」

齊昭面色森冷，雖然才十三歲，但近日長高許多，身材頎長，他蔑視著縣丞道：「你可知你犯了何罪？瀆職亂判，若是被朝廷知道，輕則拿下你的烏紗帽，重則砍頭，你身為百姓父母官，如此行事，當真不怕死？」

縣丞哈哈大笑。「山高皇帝遠，誰來砍我的頭？臭小子口氣倒是挺大，信不信本官連你的頭一起砍了！」

可齊昭全然不怕，大聲說道：「你投靠的乃是濟州府尹林大人吧？林大人年初便被皇上痛斥，如今正畏避在家，你若是再生事，林大人自身難保，把你揪出來，只怕滅你九族都是輕的，何況這些年來你貪污得可不少，到時……」

縣丞聞言大吃一驚，他立即明白不能小看齊昭，不僅撤回衛氏的責罰，還小心翼翼地把齊昭請到後頭，問他如何知曉這些事情。

齊昭只道：「我家親戚與林大人家認識，知道些消息，縣丞大人，你若是再不好好做官，烏紗帽真的要掉。」

依照齊昭的性子，這樣的昏官只會立即拿掉，但他如今沒這個能力，只能警告他一番。

縣丞大人似乎也怕了，連連點頭，又向他打聽些京城的事情，齊昭便順勢敲打他一番，驚得縣丞一身冷汗。

像這種在小地方待久了的老油條，其實很好處理，三言兩語便可打發了。待縣丞和主簿出來，根本不需再審問，直接把秦氏捉拿了起來。

「蠢婦！差點害死我！」縣丞大人大怒。
秦氏驚道：「官爺！為何抓我？」
「妳殺害妳婆母，理當砍頭！」
秦氏不明所以。「可、可殺害我婆母的人是衛氏呀！」
主簿立即說：「妳不僅殺害妳婆母，還意欲賄賂我，想將妳女兒嫁給我，讓我幫妳栽贓陷害，其心可誅！大人，不能饒了她。」
秦氏立即被捆了下獄，根本無法掙扎。她後悔至極，卻沒有法子了。
沒多久，縣丞帶人去調查了一番，很快就敲定是秦氏殺害了婆母。
此事一出，全村譁然。秦氏是活不了了，王有財也震驚至極，人人都在背後談論，甚至有人懷疑是他和秦氏一起殺了王老太太。
一個家算是散了，王翠翠和牛蛋沒了親娘，日子艱難得幾乎過不下去。
倒是福妞一家沒把這事放在心上，繼續過自己的小日子。
王翠翠和牛蛋心中生恨，想著要去二房家鬧上一鬧，可誰知道還沒去呢，王有財就帶了人牙子把王翠翠捆了。
「爹，您這是做什麼？」
王有財此人平時默不作聲，實則狠毒得很。他淡聲道：「家裡日子實在過不下去了，妳忍一忍，給家裡換些錢，也算是妳的本事了。」

王翠翠震驚非常，卻很快被人牙子捆走了，她大哭著掙扎，又如何掙扎得掉？

見姊姊被賣了，牛蛋終於老實了。

他一下子失去了親娘和親姊，再也不敢生事，書是絕對讀不了了，能活下去已是萬幸。

當然，每個人目標不一樣，近來福妞和齊昭的計劃都是掙錢。

福妞問齊昭。「你為何會知道那麼多事情？你老家到底是哪裡啊？」

齊昭沈默了一會兒說：「我老家離這裡很遠，總有一日我會帶妳去。」

福妞很憧憬。「那裡很美嗎？」

「也還好，碧河村有碧河村的美，那裡有那裡的美，但若非要選，福妞妳在哪兒，我便在哪兒。」

這話的意思福妞不太理解，她總是懵懂懵懂的，最近吃胖了些，臉蛋鼓鼓的像包子，齊昭沒忍住又伸手去捏。

「你不能捏我的臉。」福妞趕緊躲開。

齊昭不高興了。「為何？」

「我比你大，你對待姊姊，得要尊重。」

齊昭被氣笑了。「我比妳高，我想如何捏，便如何捏。」

說著他又要捏，福妞便拍，齊昭追上去，把她擠到牆角捏她的臉，一下兩下，力氣不大，但卻捏紅了。

福妞很生氣。「齊小五，我不喜歡你了！」

齊昭心裡一沈，鬆開手。「那我不捏了，妳還喜歡嗎？」

福妞哼了一聲。「勉強繼續喜歡吧。」

他心裡這才軟乎乎的，抓著她的手。「妳不能不喜歡我。」

福妞故意問：「為何？難道有什麼金科玉律，我就非得喜歡你啊？」

「有。妳若是要，將來我就修一則律例，王福福必須喜歡齊小五。」他眸子如同浩瀚星河，沈沈不可見底。

福妞笑了出來。「瞎胡吹！我不跟你扯了，我去摘黃瓜，賣了銀子好買布料，你瞧你，衣裳又要短了。」

兩人笑著去菜園幫衛氏的忙，福妞摘下一根鮮嫩的黃瓜，說道：「剛下過雨，這黃瓜可真乾淨。」

剛摘下來便能吃，她對著黃瓜咬了一口，清香的味道溢滿口內，爽脆而又甘甜。

齊昭拿著一根黃瓜，忽然想到曾經吃過的一道小菜，那便是醃黃瓜。

那道菜雖然簡單，但極其開胃，據說是御廚的秘方，宮裡做好賞賜到各個府邸的。

齊昭偶爾沒胃口，就喜歡吃那道醃黃瓜，他還翻過書籍尋過做法。如今一想，若是用這法子賺錢，不知道是否可行？

第二十五章　妳長大想嫁給我嗎？

齊昭沒直說要用醃黃瓜做生意，而是依照記憶裡的法子，製作了一罈醃黃瓜。

衛氏是個大度的人，見齊昭想做，家裡黃瓜也多，便應允了。

原本以為齊昭不會煮飯，怎會做這些東西？

但孩子們平日沒什麼可玩的，幾根黃瓜玩一玩也無妨，浪費就浪費了。

可等齊昭把罈子打開，清香的醃黃瓜味道飄上來，突然就讓人感到胃口大開。

一般的醃黃瓜都有些發黑，可這罈黃瓜看起來依舊翠綠，吃起來酸甜可口，微帶些辣，簡直讓人欲罷不能。

福妞一口氣吃了小半碟，她舔舔嘴唇，不住讚嘆。「你這醃黃瓜做得可真好吃，你是如何學會的？」

衛氏也道：「當真是好吃得很，光是配醃黃瓜，我都能吃兩碗飯了。」

「這是書上偶然瞧見的法子，我便試了試，若是好吃，咱們不如做些去集市賣？」

新鮮的黃瓜已經賣了些時日，生意已大不如前，何況黃瓜是有季節性的，再過一陣子就徹底沒了。

但若做成醃黃瓜，還可以放上幾個月。

齊昭一提出這個主意，衛氏和王有正都贊同，福妞托著腮看他道：「你怎麼這般聰明呀？」

他揉揉福妞的腦袋。

「妳也很聰明。」

福妞搖頭，她是真的覺得齊昭聰明，是她見過的人中最聰明的。

他書讀得多，出口便是文章，沈穩內斂，是個講道理的人。

衛氏拿了些齊昭做的醃黃瓜送給村裡關係近的人，起初大家不以為意，還認為不如送新鮮的黃瓜呢，可後來一嚐，都驚豔不已。

鮮嫩、爽脆，開胃得很。

見大夥兒喜歡，王有正一家子便載了兩罈醃黃瓜去集市上賣，由於他們不太擅長叫賣，一開始幾乎無人駐足。

後來，還是福妞壯著膽子喊：「醃黃瓜！醃黃瓜呀！免費嚐嚐！免費嚐嚐！」

清秀的少女紮著兩個圓髻，一身淡粉色的衫子，臉蛋明媚如被朝露洗過的桃花，楚楚動人，清雅秀麗。

她聲音又甜，很快，有人停下來嚐了嚐，這一嚐，就忍不住想買。

人素來喜歡湊熱鬧，隨著攤子前面的人越來越多，兩罈子醃黃瓜不過小半個時辰便賣光了。

衛氏一數銀子，驚了。

「一兩！」

王有正也相當吃驚。

「算錯了吧？」

齊昭其實很擅長計數，他早在心中算過了，差不多就是一兩，因此就在旁邊默默收拾罈子。

福妞也上前幫著數，果真是一兩。

他們之前做罈子，其實很費工夫，衛氏又不愛抬價出售，因此淨利不高，而之前賣新鮮的黃瓜，來了好幾趟，賺到的銀子也不到今日的一半呢！

幾人都是樂呵呵的，回家之前，還去鋪子買了些東西。

衛氏打算買一塊布給齊昭做新衣服，因為他的衣服又短了，齊昭近日越長越高，都快要趕上王有正了。

其實齊昭不想要新衣服，他想把銀子省下來，將來大家都能用得到。

可衛氏笑道：「我瞧那塊布怪好看的，淺綠色的，夏日穿也涼爽；另外，我想幫福妞也買一塊淺綠色的布，替她做件裙子。」

齊昭本想拒絕，但聽到衛氏說要幫福妞做跟他顏色一樣的衣裳，拒絕的話就說不出口了。

齊昭垂下眸子，低聲道：「謝謝嬸嬸。」

回家後，齊昭將醃黃瓜的做法毫無保留地告訴了衛氏，只是叮囑切勿讓旁人知道。

衛氏笑道：「我雖然是個粗人，但這點事還是知道的，若是告訴了旁人，咱們還靠什麼吃飯呢？」

菜園的黃瓜長得快，王有正便去買了幾十只罈子回來做醃黃瓜，大夥兒齊心協力，做得整個院子都是醃黃瓜，一次帶兩、三罈去鎮上，次次都能賣完。

醃黃瓜對於富有人家來說是開胃的小菜，隨時都可以吃；對貧苦人家來說更好了，因為很下飯，有了這一道便不用炒別的菜了，可以省下許多錢。

王有正算了算，這樣下去，他們一個月至少能掙上二、三十兩，這可是一大筆錢。想到這些都是齊昭帶給他們的，王有正便決定將銀子存著，將來給齊昭娶親用。眼下齊昭年紀還小，無須著急，他便沒把這事說出來。

賣醃黃瓜這事，王有正和衛氏覺得路上顛簸，便叫齊昭和福妞在家裡待著，他們兩個大人去賣就好了。

奇怪的是，只有他們兩個去，生意便一塌糊塗，若是齊昭和福妞跟著，一下子就賣完了。

這麼一來，福妞和齊昭便都還是跟著。

只是天氣越來越熱，福妞常常熱得一身汗。

齊昭默默地想起從前王府裡的生活，別說是嬌滴滴的小姐，就是一等丫鬟，也不會這樣辛苦。

可他如今偏偏就是這般無能，只能讓福妞跟著吃苦。

福妞汗水涔涔，見齊昭低著頭，神色似乎不對，嚇了一跳，趕緊去摸他的頭。「可是又不舒服了？」

「沒有，只是怕妳熱得受不了。福妞，妳可還撐得住？」

齊昭見福妞臉蛋紅撲撲的，真怕她會中暑。

她明明應當躺在華麗的屋子裡，吹著風輪、吃著西瓜的，可是眼下卻跟他在牛車上顛簸，曬著大太陽。

他真是沒用。

若是他有用，何必等到十五歲，現在就回去周旋一番，只是艱難了些，也不是毫無勝算。

不，他身上沒銀子，他必須有銀子才能帶走福妞一家。

齊昭越想越覺得心中沈得厲害。

福妞忽然笑起來。

「我有什麼撐不住的？我可高興了，想到等會兒咱們又能賣醃黃瓜掙錢了，我就高興。」

她神神秘秘低聲說：「你的宣紙用光了，若是有錢了，叫爹給你買更好的。」

齊昭望著她黑白分明的眸子，裡頭盡是對他的關心。

「好。」他緩緩答道。

因為這一日極其炎熱，從集市回來之後，大家都累到不行，福妞脫掉鞋子時還叫了一聲。

衛氏趕緊問：「怎麼了？」

「沒什麼，娘，我瞧見一隻蟲子。」福妞敷衍過去。

齊昭卻看在了眼裡，他盯著福妞，只見她一瘸一拐地往屋子裡走，而王有正和衛氏正忙著其他事，沒來得及去注意她。

福妞走進屋子裡，齊昭沒有跟進去，畢竟是女孩子的閨房，他也不太方便。

坐上床邊後，福妞便小心地開始脫襪子，她腳上扎了一根刺，都流血了，但怕給爹娘添麻煩，便想自己處理，可這會兒一碰，既疼，又怕，一不小心眼淚便掉下來了。

福妞啜泣兩聲，擦擦淚，打算自己把刺拔掉。

可沒等她動手，齊昭的聲音便在門口響了起來。「福妞，我可方便進去？我有事要同妳說。」

福妞趕緊把腳收回去。

「你進來吧。」

齊昭掀開簾子進去，福妞正坐在床邊，眼睛紅紅的，勉強對他笑道：「你怎麼沒去歇息？」

他端了一碗水放在旁邊。

「送水給妳喝。」

「嗯，那你快回去休息吧。」福妞聲音弱弱的，低下頭。

可齊昭一撩衣襬，在她面前單膝跪了下去，抬起眸子沈沈望著她，問道：「哪隻腳疼？」

他眼睛生得異常漂亮，安靜時猶如一汪純淨的山泉，偶爾傷感時又帶些寒冷，福妞覺得這樣的齊昭比誰都好看。

她想撒謊，卻說不出口。

末了，齊昭自個兒抬起她的腳，瞧見白色襪子上的鮮血，心裡一緊，疼了起來。
他想幫她脫襪子，福妞趕緊說：「你不能看我的腳。」
她是姑娘家，將來要嫁人的，而齊昭也要娶妻，他不能看她的腳。
「為何？」齊昭瞇起眼。
福妞臉上微微發紅。「你只能看你娘子的腳。」
齊昭輕嗤。「那我便不看了，我只看妳的。」
他小心地把襪子脫掉，一雙玉足呈現在跟前，但腳跟處的鮮紅讓人觸目驚心。
「忍著點，我幫妳把刺拔掉。」齊昭叮囑。
他暗暗咬牙，看準那根刺，卻沒有動手，而是問了一句話。「福妞，妳長大了想嫁給我嗎？」
福妞一愣，心中狂跳，接著便覺腳上一疼，刺被拔掉了。
但她來不及管疼，傻傻地問：「你說什麼？」
齊昭把刺扔掉，對著她的腳吹了吹。「還疼嗎？」
福妞把腳縮回來，根本顧不上腳疼不疼，心裡亂七八糟。「你方才說什麼？」
齊昭瞧著她，問：「妳聽到了什麼？」
福妞抿抿嘴。「我什麼都沒聽到。」

他語氣淡淡地道：「那我便什麼都沒說。」

反正無論說沒說，聽沒聽到，她遲早都要嫁給他。

這個傻姑娘。

想。

他比她年紀小，一直以來，福妞待他好，也是因為覺得他孤苦一人實在可憐。加上齊小五對她也很好，一來一往的，兩人感情便越發深厚。

可是，她真的不敢往那方面想。福妞一會兒臉上發燙，一會兒手足無措，最終只能當作自己什麼都沒聽到。

原本福妞心裡有些彆扭，但見齊昭接連幾日都沒什麼異常，倒顯得她有些奇怪了，便漸漸忘了那句話。

反正，無論她嫁給誰，那都是好幾年之後的事情了，又有什麼可糾結的呢？

七月八月，熱浪如潮，因為實在不好過，王有正也捨不得福妞、齊昭和衛氏曬太陽，便隔一陣子才去一次鎮上，且都是挑涼快的時間去。

但就這般，也賣了不少醃黃瓜，家裡逐漸攢了些銀子。

一轉眼到了九月，黃瓜也要下市了，只是福妞家的院子堆滿了醃黃瓜的罈子，還可以賣上一陣子。

其間王有正又上了一次山，打了不少野雞、兔子回來，大夥兒吃飯又配得到肉了。

只是，這一次王有正受了點傷，胳膊被樹枝刮破一道很深的口子，回來養了許久才好。

衛氏心疼得很，便說往後莫要再上山了，家裡做著小生意，能掙不少錢，何苦再去冒險？

可王有正打了一輩子獵，哪裡捨得。他時不時就想上山，何況若能打一頭大野物回來，那得做多久生意才能賺到？

衛氏啞口無言，她說不出反駁的話，就是心裡難受。

所幸，齊昭提出來。「下回王叔再上山，我也跟著去。」

王有正打量了齊昭一番，如今齊昭越來越高，看起來好似比他還高了呢。當初瘦弱的少年，此時竟已長成頂天立地的男兒，若非臉龐依舊有些稚嫩，真看不出是個小孩子。

「成，你身子如今恢復得不錯，下回我便帶上你。」

九月因為沒有新鮮黃瓜了，之前的存貨過不了多久也會賣完，大夥兒一時之間惆悵起來。

掙錢成了習慣，若是掙不到了，心裡就有些發急。

福妞忽然問道：「黃瓜可以醃著吃，蘿蔔呢？白菜呢？」

齊昭沒試過，想了想便道：「應當也成吧？等地裡的蘿蔔長出來後，咱們試試。」

蘿蔔種下去，一、兩個月便能吃了，脆脆的生蘿蔔吃起來有些辣也有些甜，齊昭和福妞一起把蘿蔔切成片，也依照醃黃瓜的法子醃製，口味倒還真不錯。

這下家裡又有了繼續掙錢的法子，那便是賣醃蘿蔔。

不知不覺，半年過去，衛氏數了數存下來的銀子，竟有差不多兩百兩了。兜裡有錢，心裡便不慌，她高興得很。

一高興，衛氏煮飯就更大方了，頓頓都有肉，吃著吃著福妞就覺得自己又胖了。其實胳膊還是細的，就是覺得衣裳緊了，尤其是胸前，繃著很不舒服，福妞悄悄用布勒起來，可還是覺得不太自在。

還好，似乎也沒人注意她那邊，可她那張臉，卻叫人難以忽視。女孩越大，嬌媚之色便越是顯山露水。因為他們時常去鎮上，認識不少人，這一回遇著了在鎮上開糧鋪的沈大娘。

沈大娘笑咪咪地給了衛氏一塊布。「馬上到冬日了，送妳一塊布，給福妞多做件衣裳穿穿。」

衛氏一怔，趕緊推辭道：「哎呀，這可不能收，太貴重了。」

沈大娘笑盈盈地看著衛氏。「妳送了我那麼多次黃瓜、蘿蔔，我都未曾回過禮，妳千萬得收下，何況咱們日後還長遠著呢！」

沈大娘的兒子在鎮上讀書，是個秀才，長得端端正正，衛氏見過幾次，是個不錯的孩子。

沈大娘意思其實很明顯了，就是想結親。

這在旁人看來是很不錯的了，鎮上的秀才，能看得上鄉裡的姑娘，誰不趕緊接下那塊布？

加上沈大娘表現得很親熱，衛氏最終還是收下了。

齊昭就在旁邊瞧著，沒說話。

福妞越來越大，只會有越來越多人盯上她，他必須想個法子。

過了今年，他們就十四歲了，此時正是那些人在王府裡橫行霸道的時候，他若是輕易回去，無權無勢，只會再次被迫害，甚至還會連累福妞。

如今他只能隱忍躲藏在這個小地方了。

但是，只要能多掙些銀子，日子便會越來越好。

齊昭正想著，衛氏忽然問了句。「小五，你也是讀書人，可曾聽過沈大娘的兒子是個什麼樣的人？」

見她問起，齊昭便答。「嬸嬸，小五與他不熟，倒是上回去買筆墨遇到過，他因為老闆多算了一文錢，與老闆吵了一架。」

衛氏一怔，立即在心裡把那人否定了，第二日找機會把那塊布還給了沈大娘，只說實在太貴重，不能收。

沈大娘自然明白衛氏的意思，只得遺憾嘆息。

天氣說冷便冷了，衛氏又數了數銀子，為齊昭和福妞一人做了一套襖子。

但今年冬日奇冷無比，才剛入冬，就冷得讓人受不住。

普通的襖子似乎都不夠暖和了，齊昭身為男子倒還好，福妞是姑娘家，體寒，手怎麼都捂不熱。

十一月初王有正決定再上山一次，齊昭便跟了去，同去的還有村裡幾個男人。

福妞憂心忡忡，她爹是打獵老手倒也罷了，齊昭可從未去過。

出發之前，福妞為他們一人縫了一只錦囊，如今她會寫字了，便寫上許多祝福的話語。

齊昭隨著王有正上山，原本王有正讓他在後頭跟著，需要幫忙時再幫一下，但誰也沒有想到，齊昭眼力極好，他舉著一把自製的弓箭，幾乎是百步穿楊。

王有正震驚地望著他。「你何時練就的？」

齊昭也覺得奇怪，這是他上一世回到京城之後苦練而成的本事，怎麼現在就會了？

他淡然道：「只是湊巧了。」

但這湊巧連著許多次，實在讓人震驚。

一路上，齊昭用弓箭打下十來隻野雞，還有貂、兔子，裝滿了籮筐。

同去的幾人都羨慕得不行。

齊昭心裡想，這貂拿回去給福妞做衣裳裡子，想必會暖和許多。

揹著那麼多獵物，齊昭倒是不覺得累，他感覺自己身子已經完全恢復了。

王有正發覺齊昭走路特別快，即使身負重物腳步還是輕快，不由得感嘆年輕真是好啊！

兩人才走到山腳下與其他幾人分開，齊昭忽然開口了。「王叔，您想過搬去鎮上住嗎？」

王有正一愣。「搬去鎮上？」

第二十七章　搬去鎮上

齊昭神色認真。

「對，搬去鎮上，咱們做做生意，總比守著家裡的田地要好。」

守著家裡的一畝三分地，能種出什麼呢？就算產量再高，也頂多頓頓吃白麵，若想有多餘的錢可存，那是不可能的。

王有正喉頭滾動兩下，他雖然是泥地裡長大的農人，但他的地少，故平日不靠田地生存，而是靠打獵。

獵戶膽子比尋常農戶大，但王有正窮怕了、餓怕了，難免有些猶豫。

「小五，你說的事情，王叔會考慮考慮，但鎮上與家裡不同。咱們在碧河村靠著山腳都能湊合活下來，可若到了鎮上，山窮水盡之時，咱們如何過活？我腦子死板，還真想不到。」

齊昭連忙說道：「王叔，您覺得是鎮上的人想來鄉下，還是鄉下的人想去鎮上？水往低處流，人往高處走。鎮上有鎮上的活法，若是不去，那便只有一個可能，就是在碧河村待到老，若是去了，便有無限可能。我無法保證去了之後一定能越來越好，但，咱們總得要試一試。」

他眸中都是肯定。「您雖寡言，但膽識過人，吃得了苦，在碧河村實在是埋沒了。」

哪個男人沒有抱負，王有正年輕時也曾想過帶衛氏一道去鎮上，可只是想想罷了，因為他覺得自己做不到。

如今被齊昭一席話勸動了，王有正胸中熱血澎湃。「那……咱們便去！」

兩人下山到家，衛氏和福妞已經準備好熱水、食物，福妞趕緊迎上去，瞧見王有正和齊昭都是頭髮蓬亂、滿身泥污，頓時心疼了起來。

她眼睛酸澀，趕緊說道：「爹、小五，你們快歇歇。」

吃完飯，衛氏帶著福妞清點獵物，瞧見那隻貂時眼睛瞬間亮了。

「這貂可以做衣裳裡子，保證暖和。」

福妞點頭道：「娘怕冷，這貂正好給您做個裡子。」

衛氏笑咪咪的。「娘有一件兔毛的呢，是妳爹上次打回來的，這隻貂還是給我們福妞做衣裳裡子吧。」

王有正在旁邊笑呵呵道：「小五當時一箭就射中了這隻貂，我還從未見過如此準的箭法呢！」

聽到爹爹如此說，福妞偷偷看了齊昭一眼。他站在旁邊，正在洗手，面上是一層淺淺的笑，但不知為何，眉頭輕輕一皺，但只是一瞬間，又恢復了原樣。

因為才從山上下來，兩人都疲乏至極，清點完獵物衛氏便催他們去睡覺。

王有正回屋之後，衛氏也跟了進去，兩人便商議起去鎮上的事情。

齊昭也回了屋子，他伸出手，看了看手心，因為自製的弓箭質劣，拉弓時不小心用力過猛戳到了掌心，傷口不大，但意外地疼。

男兒受點傷沒什麼，他小時候被人從樓梯推下去摔得鼻青臉腫不也都挺過來了。沒什麼的，齊昭握住拳坐在床邊打算休息，可掌心隱隱地越來越疼。

福妞在外頭踱步了一會兒，微微咬著唇瓣。

她想進去問問小五有沒有受傷，但又有些猶豫。半晌，福妞在心裡輕叱自己：呸，怎麼就這般小心眼呢？或許人家什麼都沒想，就妳自己在多想。

思及此，福妞便鼓足勇氣敲他的門。「你睡了嗎？」

齊昭心中一頓，他這些日子的確在刻意與福妞保持距離。

一來她還小，不想讓人察覺到他有那種想法。

二來，他現在的確什麼都沒有，沒辦法給她任何東西。

但這會兒她主動敲門，齊昭做不到不開門，這幾日在山上的疲憊也讓他想靠她再近一些。

「沒睡。」他答。

福妞便開了門，走進去，問：「你……可有受傷？」

齊昭把手握成拳放在身後。「沒有，怎麼這樣問？」

福妞秀眉微蹙，哼了一聲，走上前強行拉過他的手。「我都瞧見了。」

她打開他的大手，兩人的手放在一起，立刻出現鮮明的對比。

齊昭白，但是那種溫潤的白，且手掌寬大，骨骼堅硬許多；福妞的白是瑩瑩生光的白，手指纖細柔嫩。

她小心地觸著他傷口的邊緣，心疼極了。

「這還不算受傷？疼嗎？」

少女抬頭，眸子微微帶著紅，水潤潤的，瞧著似乎馬上要掉淚。

齊昭慌了，連忙安慰道：「不疼，真的不疼。」

福妞吸吸鼻子。「我去打水幫你洗一下，再搽點藥。」

她轉身出去，很快又回來，為他小心清洗了傷口，接著搽了點藥，又想起之前他跪在自己腳邊為她拔腳上的刺，心裡一熱，低聲問：「還疼嗎？」

齊昭瞧著她後頸那一塊白得發亮的皮膚，聲音吶吶的。「已經不疼了。」

福妞點頭道：「若是還疼，你便喊我。你睡吧，我出去了。」

可才走到門口，齊昭便鬼使神差地喊：「福妞。」

「嗯？」她轉頭，疑惑地瞧著他。

「又疼了。」齊昭想也不想地說了出來。

福妞一怔，半晌，走過來拉起他的手，仔細瞧了瞧，對著吹了吹氣。「好些了嗎？」

看著她認真的小模樣，齊昭很受用，點頭道：「這下好多了。」

不知為何，福妞覺得哪裡不對勁，但還是硬著頭皮，正經八百地說：「那我出去了。」

她一路走回自己的屋子，這才抬手看向指尖，半晌，輕輕一笑。

王有正和衛氏商議了許久，最終覺得去鎮上未嘗不是一個好主意。

別說他們可以販賣醃製的黃瓜、蘿蔔，就是福妞和衛氏做簪子的手藝也是餓不死人的。

若是去了鎮上，這幾年攢下錢買了房子，福妞後半輩子也就成了城裡人了。

鄉下苦啊，哪個鄉下人不是作夢都想去城裡呢？

兩口子把攢下來的銀子數了又數，第二日晨起做了早飯，吃飯時便和福妞、齊昭說了起來。

「咱們去鎮上要租賃店面，住的屋子暫時是買不起的，就租兩間屋子，外加一間店面，平日就賣醃菜，之後再想想還有沒有其他生意可做。就算哪一日在鎮上待不下去了，咱們還可以回來，沒什麼好擔心的。」

碧河村的屋子託給余氏看著，也丟不了。

福妞睜大眼睛，頗為震驚。

「爹、娘，你們說咱們要去鎮上？」

她意外極了，但想到往後再也不用跑那麼遠去鎮上做生意，又覺得高興。

王有正點頭。「沒錯，這是小五的主意。」

福妞也非常贊同，她跟著齊昭讀書，思想開闊許多，其實早就不拘泥於鄉下人的想法了。

既然決定要去鎮上，衛氏便去同余氏說了，並把家裡不好帶的東西都送給了余氏。

「房子還要麻煩妳時不時來幫忙看一眼，若有什麼事情，便託人帶個信給我們，平日你們到鎮上也別忘了找我們玩。」衛氏叮囑。

余氏羨慕得很。「這一去，只怕你們再也不會回碧河村了，若是我們到鎮上，定會去看你們的。」

整個村裡，衛氏也就捨不得余氏，而福妞則是有些捨不得田大路。

田大路待她很好，在齊昭還沒來之前，每次福妞出門，田大路都跟在她身後，若有旁人欺負她，田大路總是第一個出現保護她。

只是後來齊昭來了，福妞與田大路的來往便少了。

但田大路還是時不時就往福妞家送東西，不是自己挖的野菜便是自己摘的蘑菇，福妞想到這些便覺得愧疚。

她一心跟著齊昭學習讀書寫字，竟忽略了許多事。

田大路站在一邊默不作聲，衛氏和余氏說著話，福妞走過去，遞給田大路一雙襪子。

「這襪子你留著穿，是我新做的。」福妞聲音軟軟的。

田大路心裡有些難受，半晌，接了過來。「我往後去鎮上找妳。」

福妞點頭道：「好呀。」

其實這襪子是她為齊昭做的，但想著沒東西可以送給田大路，便把襪子拿給他。

與田家人安排妥當，衛氏便回去收拾行李，這麼一收拾就發現，全家上下就數福妞的東西最多。

成。

因為馬上要過年了，大夥兒便只帶了冬日的衣裳，其他的等來年開春再回來拿也

這一天大夥兒都有些激動，便睡得很晚，也睡得很沈。

沒人聽到牛棚裡發出了奇怪的聲音。

今兒個牛蛋聽說了二叔一家要去鎮上的事情，還帶著齊昭。

那個下賤的小子，就這般沾了二叔一家的光，而他這個真正的王家人卻失去了親娘和姊姊，連飯都吃不飽。

瞧著醉得糊裡糊塗的爹爹王有財，牛蛋心裡升起了恨意，半夜拿了一把刀朝福妞家走去。

他這些日子過得連狗都不如，越想越恨，便揮刀砍向牛的脖子。

砍完之後牛蛋倉皇逃走，把刀扔到了河裡，又趕緊洗掉身上的血跡，這才回家去了。

那頭牛被砍了一刀，連喊都來不及，當場昏死過去，等天亮福妞一家起來時，牛的身體都涼透了。

牛車是福妞家裡最值錢的東西了，平日來來去去的出了不少力氣，福妞時常幫牛洗

澡、餵食，偶爾還拍拍牛、說說話，這牛最喜歡她。

福妞蹲在牛旁邊就哭了。

王有正怒極。

「是哪個殺千刀的砍死了咱們的牛？」

他正要出去問，卻見余氏來了。余氏面色奇怪道：「王有財的兒子牛蛋，昨兒夜裡不知怎麼就發起燒來，今日一早起來，癡癡傻傻的，似乎腦子燒壞了。」

因為惦記著牛的事情，王有正沒注意余氏說了什麼，出去繞了一圈，也查不出是誰幹的。

牛沒了，牛車自然也沒辦法用了，只能買新牛，但他們手上的銀子是要去鎮上用的，哪有錢買新牛？

王有正把牛帶去屠戶那裡，看能不能換點錢。

福妞在家眼睛紅紅的。她原本想著這牛要為家裡效力許久，便對牠極好，誰知道這會兒就出事了呢？

屠戶一邊動刀一邊安慰王有正。「牛肉也能值些錢，不算虧。」

王有正煩悶地搖搖頭。「唉！」

他們現在需要活的牛，牛肉就是再貴，能值多少錢呢？

屠戶剖開牛的肚子，忽地一驚。「這是啥？」

王有正轉頭看去，瞧見牛肚子裡掏出了個東西。

屠戶眼睛一亮，樂了。「王有正！你這牛養得值啊！這下子莫說是一頭牛，就是兩頭你都買得起了！」

那掏出來的東西赫然是一塊牛黃！

牛黃比牛本身更加珍貴，因為一千頭牛都不一定能發現一塊牛黃呢！

據聞前幾年宮裡的太醫在各處高價收購牛黃，人人都巴不得自己擁有一塊牛黃。

屠戶羨慕地看著王有正。「你真是瞎貓碰到死耗子呀！」

王有正覺得心情一下子開朗起來，笑著說：「興許是我閨女平日養得好，這牛死了，還知道報答我們。」

王有正帶著牛黃，與家人一起乘坐別人的牛車到了鎮上，直接去了藥材鋪子。

上好的牛黃是極其珍貴的東西，藥材鋪子老闆吃了一驚，看了半晌才相信這是真的，但也只肯出一百兩銀子。

「你若是急著賣，那便是一百兩，若是不急，興許過個幾年遇到識貨的，便能多賣些錢。咱們這小鎮上，沒幾人識貨啊！」

老闆的意思是要王有正低價賣給他，王有正遲疑了一下，齊昭站出來說：「王叔，咱們現在日子還能過，這牛黃不能低價賣。」
老闆冷嗤一聲，他篤定除了他沒人會那麼大手筆買下這牛黃。
最終，大夥兒沒有把牛黃賣掉，而是留了下來。

第二十八章 最好吃的包子

既然到了鎮上，接下來的事情便是找住處。

福妞四處張望，忽然瞧見前面一間鋪子，她頓了頓，問：「爹、娘，那鋪子……怎麼在賣醃蘿蔔？」

幾人走過去一瞧，還真是。鎮上新開的一間鋪子，赫然打著「醃蘿蔔」的招牌，看那品相與色澤，似乎與他們做的別無二致。

生意還沒開始，便被人搶了嗎？

要知道福妞一家從鄉下來到鎮上，打的便是賣醃蘿蔔的主意，可眼下竟有人開了一間鋪子賣相同的東西，那他們的生意豈不是會大受影響？

王有正和衛氏心裡都是一陣難受，福妞卻道：「爹、娘，我去買一點，嚐嚐他們味道如何。」

王有正掏出銀子遞給福妞，福妞過去瞧了瞧，這間店主要是賣醃蘿蔔、醃竹筍、醃大蒜等物，福妞隨意買了兩樣，拿回去大夥兒一嚐，倒是放心了。

味道還可以，但跟福妞家的醃蘿蔔比起來就差遠了。

「走，咱們既然來了，還是先安頓下來，反正我們有牛黃，銀錢的部分不用太擔心。」王有正說道。

幾人大街小巷問了一通，總算在西大街問到一戶人家的屋子要出租。

這戶人家院子頗大，隔出了三間，正好足夠福妞一家住，價格也不算貴。

王有正和衛氏住一間，福妞和齊昭各住一間，院子裡搭個小棚子當作簡單的灶房，之後再租賃一間鋪子，生意便可以開展了。

雖說這屋子的價格和鎮上其他人家比起來便宜了許多，可一下子也花去不少銀錢，衛氏心疼得很，但也告訴自己，既然出來了，便不要想太多。

幾人收拾一番，至少有個安身之處了。

他們帶來的十幾罈醃蘿蔔整齊地堆放在院子裡，後續賃來的鋪子位置不算好，處在西大街街尾，王有正請人算了日子，決定三日後開張。

開張之前，齊昭在門口寫上了「王家醃蘿蔔」，簡單明了，倒是不錯。

誰知道，開張頭一日，衛氏病了。

她常年勞碌，身子骨兒本來就不算強健，前幾日不慎吹了風，加上如今正是寒冬，便染了風寒，昏昏沈沈地無力起身。

操持家務的女人，好好的時候，不會讓人覺得她有多大貢獻；但一旦倒下，馬上就讓人感受到她的重要性。

飯沒人做了，衣裳也沒人洗了，家裡瞬間變得一團亂。

衛氏先前一直不讓福妞幹活兒，王有正又只會處理外頭的事情，如今她這一病，福妞只能硬著頭皮擔下所有家務。

首先便是一日三餐，她從沒自個兒做過飯，只在旁邊幫她娘打過下手，如今忽然要掌廚，難免有些心慌。

但福妞聰明，心思又細膩，摸索一番就漸漸抓到訣竅了。

現在他們在鎮上，沒有土灶，用的是爐子。

爐子需要燒煤，但煤太貴了，因此暫時還是用柴在爐子底下燒火。

福妞想著該為娘做點什麼好吃的，把家裡現有的東西拿出來一瞧，也就臘肉和蛋能補充營養。

齊昭在旁邊想幫忙，福妞卻揮手說道：「你莫要動手了，幫我看著火就成。」

聽她這麼說，齊昭只能蹲下去看火。火光中，他的眸子一直追隨著福妞，怕她燙到了。

福妞想到之前她娘發麵的方法，便和了一盆麵，放到熱水裡發酵，接著，又拿出一些醃蘿蔔和臘肉混在一起剁，等到麵發好了，便開始笨手笨腳地包包子。

齊昭見她認真的樣子，想起上輩子吃過的包子。

他吃過無數精緻又美味的包子，其中最想念的還是福妞的包子。

那是他十四歲那年，有一次病得一塌糊塗，呢喃著想吃包子，福妞便想法子做，她背著奶奶和大伯母一家，偷偷和麵、做包子，做出來的外型並不好看，但味道真的很好，好吃到他一輩子難忘。

見齊昭一直盯著自己手裡的包子，福妞打趣道：「你是不是餓了？」

齊昭回過神來，點頭。「我在想，妳這包子好不好吃？」

福妞其實也不確定。「哎呀，我也不知道，試試再說。不過……你以前肯定吃過很多好吃的包子吧，我這包子必然比不過。」

可齊昭卻說：「我只吃過一次好吃的包子。」

這讓福妞十分好奇。「什麼時候？」

「夢裡，妳做的包子。」

福妞手裡的動作突然停下，覺得好笑。「你作夢夢到我包包子？還夢過我幹什麼呀？」

齊昭俊朗的面上浮現出一絲笑意，他夢見的可多了，但是……

「等將來再告訴妳。」

見齊昭不說，福妞也沒追問，她認真地做著包子，餡剁好，再一個一個地包好，就等著水燒開放上去蒸了。

在碧河村時，衛氏做過好幾次包子，福妞在旁邊看著也記下了大致的步驟，因此今日做包子倒是挺順利的。

包子上鍋蒸了約莫一刻鐘，福妞便讓齊昭停火，再燜一會兒，這才小心翼翼地掀開鍋蓋。

齊昭也在旁邊期待著，待福妞把鍋蓋一掀開，兩人面上瞬間都是笑意。

這一鍋包子做得非常成功，胖嘟嘟的一顆一顆，福妞用筷子挾起一顆裝到碗裡遞給齊昭。「你先吹涼了嚐一嚐。」

正值冬日，包子很快就涼了，齊昭輕輕一口咬上去，醃蘿蔔的酸脆混著臘肉的鹹香，吃起來真是別具風味。

他這是第一次吃到醃蘿蔔臘肉餡的包子，情不自禁地一口氣把整顆包子都吃光了。

福妞有些急了。「你吃慢些，別噎著。」說完，她遞水上去。「快喝一口。」

齊昭嚥下包子，趕緊誇讚。「這包子是我吃過最好吃的包子。」

的。

其實福妞有些不信，她知道齊昭一向喜歡誇她，無論好不好，他說出來都是頂好的。

因此福妞拿了幾顆包子端到屋裡去給她爹娘吃。

衛氏躺著，王有正餵她喝水，見到包子便道：「閨女買了包子來，妳嚐嚐。」

因為生病，衛氏沒有胃口，便說：「可我什麼都不想吃。」

福妞勸道：「娘，您先吃一口嚐嚐看，若是不好吃，那便不吃。」

衛氏聞言，艱難地拿起包子咬了一口，這一口，味蕾彷彿被打開了，原本的食慾不振似乎消散了，馬上又吃了第二口、第三口。

不知不覺，一顆包子吃完了，還喝了點湯。

王有正很高興。「福妞，妳瞧妳娘吃得多好。這包子是哪裡買的？爹再去多買些。」

衛氏也由衷讚嘆。「這包子的餡似乎與尋常不同，吃起來尤其開胃，吃完身上都有力氣了，可見鎮上的東西就是比咱們鄉下的好啊。」

福妞噗哧笑出來，齊昭解釋道：「王叔、嬸嬸，這包子是福妞做的，我親眼瞧著她做的呢。」

王有正和衛氏都是驚訝非常，福妞倒有些不好意思了。「娘，您喜歡就成，我也是第一次做，生怕做得不好。咱們才剛來這裡，沒什麼青菜，就臨時用醃蘿蔔和臘肉做餡湊合著吃。」

衛氏無限欣慰。「福妞，妳當真長大了，這包子比娘做得還好吃。」

得了這樣的誇讚，福妞信心十足，越發喜歡下廚。

她出了爹娘的屋子，又拿了幾個包子送去給房東大娘。因為此處人生地不熟的，房東大娘給他們的租賃價錢很低，她內心感激得很。

房東大娘起先推託不要，後來見福妞站在寒風裡誠意十足的，這才收了下來。

福妞轉身回去，一家人晚飯也是吃這包子，一籠包子十五個，一下子就吃得一乾二淨。

其實福妞也覺得包子好吃，但生怕自己判斷失誤，如今見大夥兒都喜歡，便放心了。

吃了晚飯，福妞幫忙煎藥，又和齊昭一起把家裡各處收拾好，這才回自己屋子準備睡了。

可才躺下，房東大娘來了，她站門外喊：「福妞，福妞！你們家人可都歇下了？」

福妞趕緊披了衣裳走出去，問道：「大娘，您這是怎麼了？」

房東大娘手裡端著碗，很不好意思地說：「我那孫子不愛吃飯，瘦得跟皮包骨似的，一家子都愁死了，今日妳那包子，他竟然一口氣吃了三個！吃完還嚷著想要呢！妳還有剩嗎，可否讓我買幾個回去？」

福妞一怔，抱歉地說：「大娘，實在對不住，今日做的包子我家裡人自個兒吃光了，這樣，若是您孫子還想吃，那我明日再做些給您送去如何？」

房東大娘塞給她幾枚銅板。「那妳多做些，我們大人也想嚐嚐呢，我家虎子說那包子好吃得像神仙吃的飯，我倒是想知道，什麼叫神仙吃的飯。」

福妞有些意外，趕緊把銅板塞回去。「大娘，這我不能收。」

她包子都還沒做呢，怎麼就先收錢啦？

可大娘堅持，硬是把銅板塞到她手裡，轉身便走，還喊著。「明兒替我送來啊！」

第二十九章　包子店生意超好

福妞沒想到自己一時興起做的包子這麼受歡迎，第二日一早便又做了一些，依舊是醃蘿蔔臘肉餡的，此外還做了紅糖包子，裡面不僅放了紅糖，還加了些地瓜泥，吃起來香甜軟糯，口味極好。

衛氏起床後精神恢復了不少，喝完藥又吃了兩個包子。

接著福妞便給房東大娘送了六個包子過去，總共算六文錢。

誰知道大娘一家子沒吃夠，過一會兒又來買，福妞乾脆把剩下的十幾個包子都賣給了她。

想到他們原本就是要到鎮上做生意賺錢的，包子其實比醃蘿蔔更好賣，福妞便提出一個建議。「爹、娘，不如咱們往後就賣包子如何？」

其實王有正和衛氏也有這個想法，但衛氏咳嗽幾聲道：「妳爹和小五不會做麵食，妳力氣小，想賣包子的話，只能等我身子恢復了。我雖比前幾日好些了，身上依舊沒什麼力氣，再等等吧。」

福妞為她掖好被子，說：「娘，我來做，我力氣不小，真的，我們試試吧！」

她十分堅持，一會兒要齊昭幫忙勸，一會兒撒嬌求爹娘同意，但兩人都不願讓福妞吃苦，遲遲不鬆口。

最終還是齊昭開口了。「王叔、嬸嬸，若是福妞想要做，試試也未嘗不可，我有的是力氣，我可以幫她。」

兩個孩子都這樣說了，王有正和衛氏只得點頭了。

福妞高興得很，立即就開始和麵、揉麵，齊昭也學著幫忙包包子，做好了包子就放到蒸籠裡，拿被子一裹，抬到鋪子去。

王有正也跟了過去，買串鞭炮放了放，就當作慶祝開張了。

街道上路人不多，加上天冷，大家都是瞥兩眼就走了。

齊昭和福妞都有些心急，半晌，福妞說道：「我來吆喝。」

她走到路邊，甜甜的聲音喊了起來。「賣包子！好吃的包子來嚐嚐！不好吃不要錢！」

不好吃不要錢？這下很快就來了兩人，齊昭拿出一顆包子掰成兩半分給他們。「你們先嚐嚐。」

兩人瞧著，心想只是尋常的包子，可吃下去之後卻覺得滿口留香，醃蘿蔔的爽脆和臘肉的鹹香混在一起，簡直就是完美。

這包子單純只是好吃也就罷了，重點是它開胃得很，吃了一個就想再吃一個，福妞這回只做了兩籠，加在一起不到三十個，因為怕初次開賣賣不完，沒敢多做。

原本齊昭對包子生意也不是很有信心，可誰知道，還不到半個時辰，包子就賣光了。

王有正放完鞭炮便去幫衛氏抓藥了，回來路上想著天氣冷，等會兒就讓兩個孩子先回去，由他來賣，可回來一瞧，包子沒了！

「怎麼了？包子呢？」

福妞小臉被凍得有些發紅。「包子賣光啦！」

這讓王有正吃了一驚，但的確是值得高興的事情，三人便把蒸籠搬了回去。

第二日又做了一百個包子，也是小半天就賣光了。

很快鎮上的人便都知道了，西大街新來一個姑娘，瞧著年紀不大，頂多十二、三歲的樣子，賣的包子頂好吃，人人都排隊去買呢。

有心細之人便道：「我知道這姑娘是誰，先前她和她娘在咱們鎮上賣簪子，後來又賣醃黃瓜、醃蘿蔔，如今不知怎的開始賣包子了。不過人家頭腦是真的靈活，從鄉下搬到鎮上賣包子，有幾個人有如此膽量？」

旁人也點頭附和。「她家包子是好吃，想必日後生意會越來越好的。」

一般人誰也羨慕不來，這手藝、這頭腦，不是活該賺錢嗎！

但也有不這樣想的，比如那家賣醃蘿蔔的。

那家人姓劉，店主名叫劉大頭，原本是在鎮上做包子生意，無奈生意不好。某天劉大頭瞧見有人來鎮上賣醃蘿蔔，生意好得不得了，便偷偷跟著他們去了碧河村，躲在那家人門外悄悄看他們如何做醃菜。

雖然離得遠看不真切，但劉大頭還是大致學到了製作方法，回到家便照做了，做完拿去街上賣，還真的賣得不錯。

之後他便火速開了醃菜店，想要搶占福妞一家的醃蘿蔔生意。

可誰知道，自從福妞來賣包子之後，劉大頭的醃蘿蔔生意便大不如前。

有人跟他說：「你這醃蘿蔔味不夠，那個小姑娘賣的醃蘿蔔和醃蘿蔔餡的包子，明顯比你家好吃。」

劉大頭聽了這話便不高興，拿了棒槌就去到福妞家的包子鋪。

「你們是哪兒來的鄉巴佬？來搶老子的生意！老子先在這鎮上開始賣醃蘿蔔的，誰允許你們來賣的？」

福妞和齊昭正在幫客人拿包子，王有正則負責收錢，他聽到這人的話，不由得怒了。「誰定的規定只許你們賣，不許我們賣？」

劉大頭囟神惡煞地說：「誰定的規定？你爺爺我定的！鄉巴佬，就憑你也敢跟我們鎮上的人叫囂？我看你活得不耐煩了！」

他說著便拿起棒槌要砸，但王有正可是獵戶，他將隨身帶著的那把刀直接抽了出來，明晃晃的十分嚇人，眼看那刀就要砍到劉大頭的腦袋上，劉大頭嚇得一個踉蹌，趕緊逃了。

那些買包子的人紛紛抱不平。「這人怕是腦子有病。嫉妒你們生意好呢！」

「就是，他家也賣醃蘿蔔，可味道和你們家賣的差遠了。」

「福妞，還是妳家包子好吃，來，給我十個。」

福妞笑盈盈的，數了十個包子遞給眼前的客人。

劉大頭此次被王有正嚇退了，但卻沒有放棄，他開店賣醃蘿蔔花了不少銀子，如今生意越來越差，還沒有把投進去的銀子賺回來，就全怪罪到王有正頭上。

而福妞家的包子店名聲越來越好，幾乎全鎮的人都喜歡去那兒買包子，每天一大早就有人特地從鎮東跑到鎮西，就為了買包子。

因為包子店生意好，原先的店面就顯得有些小了，如今口袋裡有錢，王有正和家裡人商議了一番，決定換一間地點好、空間大的鋪子。

只是，眼看就要過年了，這事便暫緩到來年再辦。

這一年過年，一家子決定還是回碧河村過，畢竟老家還有許多東西，住起來也比在鎮上租賃的舒服。

他們提前了兩日回去，原本想打掃一番，沒想到余氏已經替他們打掃好了。

見屋子裡乾乾淨淨，衛氏十分感激，不但送了余氏一大塊肉，還又送了她一件襖子。

碧河村的人原本都在看笑話，覺得王有正一家真是異想天開，竟然敢去鎮上做生意，就等著虧空回來吧！

可沒想到，他們的包子店在鎮上大受歡迎，聽說賺了不少錢。

這次福妞一家子回來，村裡不少人來圍觀，見王有正和衛氏都穿著長襖，乾乾淨淨的，皮膚變白了，也吃胖了，感覺和村裡人就是不一樣了。

至於福妞，長高了些，看起來越發清麗可人。

衛氏笑道：「包子都是我家福妞做的，我們的生意可都是靠她了。」

還有齊小五，人高馬大、斯文俊秀，忙前忙後地伺候福妞一家子，瞧著很是中用。

大夥兒羨慕極了，心想從前人人都嘲笑衛氏生不出兒子，還死了四個閨女，如今這日子過得比誰都好呢！

王有財聽說二弟回來了，看了一眼腦子壞掉的牛蛋，心一橫，乾脆牽著牛蛋、拿起飯碗到老二家門口要飯去了。

這會兒衛氏剛煮了一鍋鮮肉餃子，聞起來香氣四溢。

今年雪不算大，白天日頭還不錯，福妞和齊昭在院子裡曬被子，一眼便瞧見門口來了兩個乞丐。

老乞丐鬍子雜亂、佝僂著背，小乞丐癡癡傻傻、頭髮散亂，瞧著讓人有些不舒服。

「行行好，給點飯吃。」老乞丐聲音嘶啞。

福妞走到門口，問：「你們是從哪裡來的？」

因為兩人的臉都被頭髮遮住了，有些看不清楚，但又讓人覺得眼熟，福妞便這樣問了一句。

王有財有些心虛，便說：「我們離這兒不遠，實在是餓得很了。」

王有正出來了，他手裡拿著兩個饅頭，是衛氏讓他給的。

可王有正幾乎是一眼就認出了，這兩個乞丐不就是自己的大哥和姪兒嗎？

王有財和牛蛋瞧見饅頭，瞬間眼睛發亮，伸手就要拿，可王有正頓住了。

他想起了很久之前的事情，許多快忘了的事情，在這一瞬間都想起來了。

「大哥，這世上我也只有你一個哥哥了，雖然咱倆斷絕了關係，但抹不掉從前的事情。我一直很想問一句，為何你們從前要對我們一家人如此狠心？」

王有財餓得發暈，哪裡答得上來，他撲通一聲跪在地上。「求求你，行行好，把饅頭給我們吃吧！」

福妞在旁邊滿臉驚愕，她沒想到這兩人是牛蛋和牛蛋他爹呀！

齊昭則是冷冷地看著他們。這對父子慘嗎？或許是慘的，但上輩子的福妞更慘。

第三十章　灌湯包

王有正眯起眼睛看著他曾經的大哥，又問一次。「當年，你們到底為何對我們一家如此狠心？」

數不清的糟心事，歷歷在目，王有正真的很想知道原因。

王有財嘴唇哆嗦了一下，這才說道：「你不是娘的親生兒子。」

這話一出，王有正身子一僵。

他從未如此想過！

一直以來，他都以為娘只是偏心而已，從未想過自己竟然不是娘的親生兒子。

怪不得……這樣，所有的謎就迎刃而解了。

王有財垂著眼皮。「你是爹和別的女人偷情生的，生下你之後你親娘便投河自盡了，是爹堅持把你接回來，娘其實不願意，她很不喜歡你。」

王有正心中升起一股鬱氣，久久散不去。「難怪，你們處處看我不順眼。」

王有財瞧著他手裡的饅頭，餓得腿都在抖。「你那饅頭給我吃吧。」

可王有正捏緊了饅頭。「上一輩的事情姑且不說了，無論如何我與你是同一個爹爹，我不明白，你為何自小便處處欺辱我？王有財，我早就和你斷絕關係了，如今也不再稱你為大哥，你生你死都與我無關，饅頭，我也不會給你！」

他想到這些年的辛苦，便隨手一扔，那饅頭就掉到了外頭的泥地上。

王有財哪顧得上顏面和尊嚴，趕緊撿了起來，牛蛋搶過去，不等撣掉上面的灰，便狼吞虎嚥地吃了下去，一邊吃還一邊說：「好吃！好吃！」

見父子倆當真如乞丐一般，王有正立即把門一關，他們見討不到其他吃的，便只有走了。

這兩人走後，福妞一家便開始吃餃子。

熱騰騰的餃子裡是滿滿的肉餡，沾了醋、辣椒油和蒜泥，吃起來分外可口，一家子都十分滿足，飯後又圍著火盆烤火，吃烤地瓜和烤花生。

畢竟是過年，一年中最冷的時候，晚上還是紛紛揚揚下起雪來。

因為天氣冷，王有正便在福妞屋裡放了炭盆，齊昭叮囑福妞夜裡蓋好被子，又悄悄塞給她一只錦囊。「年三十了，明兒妳就長大一歲，這是賀禮。」

福妞面上都是清淺笑意，她過了年便十四，算是大姑娘了。

「可我沒有給你準備過年賀禮。」福妞道。

過完年齊小五也十四了，之前他們若是送賀禮，都會互相送。

齊昭瞧著她，淡淡一笑。「妳今年萬事如意，便是給我最大的賀禮。」

他離開後，福妞獨自坐在屋子裡，細想這句話，有些不懂，但似乎也懂了。

齊小五的意思不就是說她的平安便是他最想要的東西嗎？

福妞打開錦囊，瞧見裡頭是一對耳環，她捏在指尖輕輕晃了晃，小巧可愛的銀耳環便發出細微的叮噹聲，分外悅耳。

自從來到鎮上，衛氏怕他們兩人需要用錢，便時不時給他們一些零用錢，但都不多，不知齊小五是如何攢夠這些銀子的？

他平日要幫忙賣包子，晚上還要看書，基本上所有的銀錢都留著買書和筆墨了，竟還能給她買一對耳環。

福妞拿出自己的荷包，仔細數了數，總共約有四百文，也算是很多了。

第二日一早，福妞便悄悄把荷包塞給了齊小五。

「你身上怕是沒什麼錢了，這些給你用，我用不著。」

齊昭微微一愣，掂量著那荷包。「妳把妳的私房錢給我？」

福妞點頭。「你留著買筆墨等物，我花不著。」

齊昭笑笑，把荷包塞回給她。「筆墨紙硯，王叔和嬸嬸都幫我買好了，我何須另外買？這銀子妳留著，我不能要。」

福妞堅持給他。「你身上定然沒什麼錢了，你拿著。」

「我不要。」

兩人小聲地推來推去，衛氏早已聽了個大概，忍不住偷笑，說道：「你們兩個小鬼，那麼幾文錢也要讓給對方花，感情倒是好得很啊！你們不說我都忘了，今年還沒給壓歲錢呢，來，一人五百文。」

她從荷包裡數了些銅板分別給福妞和齊昭，兩人收下錢，忍不住笑了。

倒是無意間添了財。

因為年後要繼續做生意，一家子初三便去了鎮上。

雖然是冬季，許多人畏寒躲在家裡不出來，但生意人為了掙錢，還是早早便開工了。

王有正帶著家人又醃了十幾罈蘿蔔，剛把罈子封上，房東大娘從外頭過來了，面色不妙地說道：「哎喲，福妞她爹，你可知道鎮東那個劉大頭改賣包子了？賣的也是醃蘿蔔臘肉包子，味道竟和你家的差不多。」

其實味道還不是重點，重點是劉大頭家的包子便宜了不少，這樣一來，生意不就都被搶走了？

王有正帶著福妞趕過去一瞧，不僅如此，西大街通往街中心的路還被挖斷了，變成好寬的一條溝壑，還從附近河流引來了水，一時之間只怕沒有辦法填上。

這樣一來，誰還要繞路往西大街跑？就為了吃個包子？沒人有那份閒心。

王有正心痛至極，原本生意才好了些，怎麼又遇上這樣的事呢？

他在那條河道上搭了橋，可總是有人把橋弄毀，如此不過十來日，便聽聞劉大頭的包子店生意越來越好，而福妞家的包子店都沒什麼人來了。

這一日，一家子坐在一起，王有正道：「咱們恐怕只能去那邊人多的街上重新租個店面，否則這麼下去，生意也無法做了。」

衛氏也是憂愁得很。「可即使去了那裡，劉大頭包子店賣得比咱們便宜，客人還是會跟他們買。」

福妞托著腮想到了什麼，但沒有說出來。

齊昭看看福妞，忽然提出。「這種人根本是個無賴，咱們賣什麼他就賣什麼，若是咱們再想個新的東西，味道好，別說是隔著一條河，就是十里開外也會有人來買。」

福妞眼睛一亮。「小五說得對，這便是『真金不怕火煉』！」

可王有正發愁道：「咱們都是尋常人，先前也不是什麼大廚世家，哪來那麼好的手藝呢？」

福妞忽然來了勁兒。「爹，咱們可以琢磨，等琢磨出來，那便是咱們家的獨門絕活了。」

反正既然來了，就要在鎮上好好地做，不能輸給任何人。

王有正和衛氏鼎力支持，福妞便開始各種嘗試。

齊昭想到自己曾經吃過的一種食物。

那也是包子的一種，但卻是截然不同的美味，名為灌湯包。一口咬下去，湯汁外溢，鮮美可口，分外誘人。

但齊昭著實不知道那東西的做法，只能大致把灌湯包的口感和內餡的滋味說了一遍，衛氏也有些摸不著頭腦，但福妞琢磨了半日，一樣一樣地嘗試，最後竟然真的成功了。

她把豬皮凍加到包子餡裡，包子蒸熟之後，豬皮凍也融化了，咬上一口，湯汁流進嘴裡，格外好吃。

福妞先是做了一些讓自家人嚐嚐，衛氏也算廚藝極好的了，吃到之後都不可思議地看著她道：「閨女，妳這包子真是太好吃了！娘還從未吃過這麼好吃的東西。」

她不得不承認，有些年紀之後，許多事情不如年輕人靈活，比如福妞，自己琢磨了一陣子，就能做出這麼好吃的東西。

齊昭吃了一口，原本沒抱太大希望，畢竟福妞的廚藝並不算上乘，也未跟誰學過，定然不會比他在京城吃過的好吃。可不知為何，一口下去，竟覺胸腔之中皆是滿足，整顆吃完了，還覺得不過癮。

王有正沒說話，他接連吃了四個包子，才滿足地喟嘆。「太美味了，這比醃蘿蔔包子還要好吃！」

既然如此，大夥兒便有了共識，打算繼續賣包子。

開賣之前，福妞蒸了一鍋出來，給鎮上相熟的幾間店家送了過去，大夥兒嚐了之後皆是震驚，趕緊跑去福妞家買包子。

這回別說是一條河了，就是隔著十里地，那又如何？

短短兩、三日，福妞家的包子生意又是一片火熱。

等劉大頭反應過來的時候，他家生意已經徹底冷了下來，他一打聽，便知道是為何。

劉大頭怒氣沖沖地跑到福妞家的包子店一瞧，高高的蒸籠裡不知道蒸了多少包子，門口擠滿了買包子的人。他咬牙切齒，不知道到底是哪裡出了錯。

末了，劉大頭找人偷偷買了一顆福妞家的灌湯包，他吃的時候還被燙了一口，可吃下去之後，立刻明白為何大家搶破頭了，便馬上開始琢磨如何盜走灌湯包的做法。

——未完，待續，請看文創風905《洪福齊天》下

2020年11月出版

莽夫求歡

文創風 899

【洞房不寧之一】

一個是天不怕地不怕的紈褲富二代，
一個是武力值滿點的江湖奇女子，
不打不相識，越打越有味，
像極了愛情……

新系列【洞房不寧】開張！
我愛你，你愛我，然後我們結婚了——
不不不，月老牽的紅線，哪有這麼簡單？
這款冤家是天定良緣命，好事注定要多磨……

天后執筆，高潮迭起／莫顏

宋心寧決定退出江湖，回家嫁人了！
雖說二十歲退出江湖太年輕，但論嫁人卻已是大齡剩女。
父親貪戀鄭家權勢，賣女求榮，將她嫁入狼窟，她不在乎；
公婆難搞、妯娌互鬥，親戚不好惹，她也不介意；
夫君花名在外、吃喝嫖賭，她更是無所謂，
她嫁人不是為了相夫教子，而是為了包吃包住，有人伺候。
提起鄭府，其他良家婦女簡直避之唯恐不及，可對她來說，
鄭府根本就是衣食無缺、遠離江湖是非、享受悠閒日子的神仙洞府！
可惜美中不足的是，那個嫌她老、嫌她不夠貌美、嫌她家世差的夫君，
突然要求她履行夫妻義務，拳打腳踢趕不走，用計使毒也不怕，
不但愈戰愈勇，還樂此不疲，簡直是惡鬼纏身！
「別以為我不敢殺你。」她陰惻惻地持刀威脅。
夫君滿臉是血，對她露出深情的笑，誠心建議——
「殺我太麻煩，會給宋家招禍，不如妳讓我上一次，我就不煩妳。」
宋心寧臉皮抽動，額冒青筋，她真的好想弄死這個神經病……

為流浪貓狗加油 和貓寶貝 狗寶貝

廝守終生(一定要終生喔！)的幸福機會

對人來說，貓寶貝狗寶貝只是生活的一部分，但妳（你）對牠們來說，卻是生活的全部，領養前請一定要考慮清楚——

▲ 愛呼嚕的小寶貝 雖雖和牛牛

性　　別：雖雖（男）和牛牛（女）
品　　種：米克斯
年　　紀：約4個月（6月中出生）
個　　性：活潑愛黏人
健康狀況：已完成預防針第二劑，貓愛滋、白血檢測皆陰性
目前住所：新北市三峽區（中途家中）

本期資料來源：陳品品小姐

『雖雖和牛牛』的故事：

與其說是遇見這兩隻小傢伙，倒不如說是遇見牠們一大家子。當時是我的朋友在苗栗路邊發現一隻成年母貓意外被車撞死了，留下六隻小貓在馬路上徘徊亂竄，情況非常危險，令人捏一把冷汗。所以朋友詢問了附近的民眾有關這群小貓的來歷後，決定將喪母又無自主生存能力的牠們帶回照顧，便利用美味的貓罐頭將聞香而來覓食的六隻小貓誘進貓籠內帶回，不然真不敢想像牠們是否能順利長大。

目前這群兄弟姊妹已經有四隻成功送養了，剩下雖雖和牛牛正在找新家。兩隻都很親人，特別喜歡在中途的乾媽身上呼嚕睡覺，那模樣可愛到讓人想撫摸關愛卻又怕打斷牠們的美夢，超級為難的啊！

只要領養人能接受雖雖和牛牛的活潑頑皮，並有愛貓如家人般對待的心，就算是新手也絕對沒問題。若有意願請FB私訊陳小姐或寄信至她的信箱u7311457@tknet.tku.edu.tw，讓雖雖和牛牛療癒你的生活。

認養資格：

1.認養人須年滿28歲（如不滿須與家人同住）。
2.認養前須家訪並配合環境安全防護，同意簽認養協議書，並接受日後追蹤。
3.不可關籠、不可放養、不綁繩養貓、不接受遛貓。
4.每日須至少一餐濕食（主食罐、鮮食、副食罐）。
5.無須同時認養雖雖和牛牛，可若能一起認養更好，但成長後兩隻都一定要結紮。
6.家貓的平均壽命為十多年，請仔細考量是否能不離不棄一輩子。

來信請說明：

a. 個人基本資料：姓名、性別、年齡、家庭狀況、職業與經濟來源等。
b. 想認養雖雖和牛牛的理由。
c. 過去養寵物的經驗，及簡介一下您的飼養環境。
d. 若未來有結婚、懷孕、出國或搬家等計劃，將如何安置雖雖和牛牛？

文創風

904

洪福齊天 上

國家圖書館出版品預行編目資料

洪福齊天 / 遲意著. --
初版. -- 臺北市 : 狗屋出版社有限公司, 2020.12
冊 ; 公分. --（文創風）
ISBN 978-986-509-161-3（上冊 : 平裝）. --

857.7　　　109017278

著作者	遲意
編輯	張馨之
校對	沈毓萍
發行所	狗屋出版社有限公司
地址	台北市104中山區龍江路71巷15號1樓
電話	02-2776-5889～0
發行字號	局版台業字845號
法律顧問	蕭雄淋律師
總經銷	知遠文化事業有限公司
電話	02-2664-8800
初版	2020年12月
國際書碼	ISBN-13　978-986-509-161-3

本著作物由北京晉江原創網絡科技有限公司授權出版

定價260元

狗屋劃撥帳號：19001626

網址：love.doghouse.com.tw　E-mail：love@doghouse.com.tw